KB067868

八十九十

– 어려운 끝맺음 –

마하 선 주 선 지음

이화문화출판사

序

噫, 余嘗爲益山異客, 竊位圓光, 已過二十七個星霜, 而轉眼之間, 退休幾近矣. 其間, 攻克生理, 家艱不識, 惟斅學半之益, 尚不少也. 感荷無盡, 其何言喻? 而如此萬幸之中, 幸之尤者, 卽所以得見江宇先生也. 大抵其交往二旬, 每爲修學指南, 僅僅免夫面牆衿裾之譏者乎. 以書家一人, 何事莫大於斯, 孰也洪福於此.

予嘗以爲夫書者, 與問學相稱乃可, 朝暮親槃, 竟屬文綴詩爲事, 而不知不識之間, 頗忽翰墨, 時乃爲恨久矣.

詩云, "靡不有初, 鮮克有終", 戰國策云 "行百里者半於九十, 此言末路之難也". 蓋皆警責應以勗勉晚節, 以得善終而謂也.

予今已爲六十岸上, 日益心弱身衰, 或者雖日善書, 而自不成其獨具面目, 誠不足道也. 實是予之於其漫長書路也, 當之末路. 是以, 今次值九輯上梓, 借策所云一語, 命之曰半於九十, 并自今而後, 誓願佛爷, 凡十年間沒入臨池, 是乃其晚節之大事也.

嗚呼, 成敗在天, 盡人事而已.

丙申菊秋之節於黃登寓所　寶城宣柱蕭記

책머리에

익산 타향객이 되어 원광대학교에 봉직한지 이미 27개성상이 지나 어느덧 퇴직이 멀지 않았다. 그동안 경제를 해결하여 궁색함을 몰랐고 가르침이 배움의 절반이 된다는 효험을 얻었기에 감사하기 그지없다. 그러나 이곳에서 닥친 만 가지 일중에 가장 중대사로 여기는 것은 곧 강우선생을 만날 수 있었던 것이다. 대저 스무 해를 왕래하면서 매양 내 공부에 지침이 되어 저 앞이 꽉 막힌 좁은 견문을 그나마 면하게 하지 않았을까? 무슨 일이 이보다 클 것이며 어떤 것이 이보다 홍복이 었겠는가!

내 일찍이 무릇 글씨란 학문과 서로 걸맞아야 된다고 하고 조석으로 등잔 가까이하여 마침내 글 짓고 시 짓기로 일 삼았지만, 부지불식 간에 자못 글씨를 경홀히 하여 때로 아쉬움이 된지 오래다.

『시경』에 "시작이 있지 않음 없으나 능히 끝맺음함이 드물다"고 했고 『전국책』에는 "백 리를 행하는 자가 구십 리를 반으로 삼으니 이는 마지막 길의 어려움을 말하는 것이다."라고 하였다. 대개 모두 응당 마지막 한 마디에 힘써 끝맺음을 잘 하라는 것을 경책하여 이른 말일 게다.

내 이제 60 중반이 되어 날로 더욱 마음은 약해지고 몸은 쇠하는데 비록 남들은 내 글씨를 잘 쓴다고 이르지만 스스로는 독구면목(獨具面目)을 이루지 못하였으니 실로 말 할 것이 못된다. 진실로 내 길고긴 서예의 길에 있어서 말로(末路)에 당하였다. 때문에, 이번에 9번째 시집을 인쇄함을 만나 『전국책』에서 말한 한 구절을 빌려 이름 하여 '반어구십(半於九十)'이라 하고 아울러 지금 이후 범 십년간 글씨에 몰입하기를 부처님께 맹세하고 소원하니 이는 곧 그 만절(晚節)을 채우려는 대사이다.

아, 성패는 하늘에 있으되 사람이 할 일을 다 할 뿐이다.

병신년 국추지절에 황등 거처에서 보성 선주선 적는다.

차 례

序 ·· 2

着手九輯詩稿 아홉 번째 시집에 착수하다 ·········· 9

嘆人情紙薄 종잇장같은 인정을 탄식하며 ·········· 10

見軍門之兒 군문의 아들을 만나보고 ················· 11

同行相宇歸伍 귀대하는 상우와 동행하고 ·········· 12

寫玉洞琴指定調査報告書 옥동금지정조사 보고서를 쓰고 ···· 14

齒痛 치통 ·· 16

世越號沈沒百日 세월호 침몰 백일 ·················· 17

題砂宅智積碑 사택지적비에 제하다 ················· 18

屢發兵營事故 자주 일어나는 병영사고 ·············· 20

泯滅石田 사라진 돌밭 ··································· 22

做小品一幅 소품 한 폭을 만들고 ··················· 24

厭棄 싫어서 회피하다 ·································· 26

愛國歌有感 애국가 유감 ································ 28

吾民猶如湯火 끓는 물과 타는 불같은 우리나라사람 ·········· 30

見御雲先生 어운선생을 만나고 ····················· 32

第四十九回韓國書藝家協會展 제49회 한국서예가협회전을 맞아 34

寫墨龍寺懸額 묵룡사 현액을 쓰고 ·················· 35

命名一號 호 하나 짓고 ································ 36

見季生 막내학생들을 보고 ··························· 38

永別雨亭居士 우정거사를 영별하고 ················· 40

秋夕所懷 추석날 소회 ································· 42

見白山全相圭筆匠 백산전상규필장을 만나고 ······················ 44

送浙江五賓 절강의 다섯 손님을 보내고 ···························· 46

寄耽墨會書藝展 탐묵회 서예전에 부쳐 ···························· 48

寄博士生 박사생에게 ·· 50

觀名蹟發刊紀念展槪要 명적발간기념전 개요를 보고 ··········· 52

題書譜講讀畢後 서보강독을 마침에 제하다 ···················· 54

金生集字白月栖雲塔碑 김생집자 백월서운탑비 ················· 56

支持所勇斷初等漢字敎育 초등한자교육 용단을 지지함 ······· 58

小天地之游莫娛否 소천지에 놂도 즐길 수 없구나 ············· 60

開講唐詩三百首 당시삼백수를 개강하다 ······················ 62

寫金生書風大作 김생서풍 대작을 쓰고 ························· 64

送李純博先生 리춘보선생을 보내고 ···························· 66

眷屬難逢一席 식구 한자리에 모이기 어려워 ···················· 68

參金九財團理事午餐 김구재단 이사 오찬에 참석하다 ········· 70

午夜 한밤에 ·· 72

懷故知音 지기를 그리며 ··· 74

寫跋文 발문을 쓰다 ··· 76

健忘日甚 날로 심한 건망증 ····································· 78

戒酒不果 술을 끊지 못함이여 ··································· 80

瘦瘦節日 빼빼로데이 ·· 82

尙在尸九 아직도 있는 아홉 시신 ······························· 83

寄藤塚家門書懷 후지츠카 가문에 부쳐 생각을 쓰다 ········· 84

古墨丹山烏玉 고묵 단산오옥 …………………… 86

拍賣書藝作品價有感 경매 서예작품가격 유감 …………… 88

賀平川墨緣展 평천묵연전을 축하하며 ……………… 90

尋仙巖寺書懷 선암사를 찾은 느낌을 적다 ………………… 92

選出書藝學會九代會長 서예학회9대회장 선출 ……… 94

忽想童謠 동요가 생각나 ………………… 96

寶物砂宅智積碑 보물사택지적비 ………………… 98

成爲白凡金九紀念館運營委員 김구 백범기념관 운영위원이 되다 100

望童蒙執筆 어린이들 붓 잡기를 바라며 ……………… 102

記期末成績 기말성적 …………………… 104

讀春宮曲賞析 춘궁곡의 감상분석을 읽다가 …………… 106

除夕 제석에 …………………… 108

嘆馭過隙 빠른 세월을 한탄하다가 ………………… 110

今日之伍 오늘의 군문 …………………… 112

難更宿習 오랜 습관 고치기 어려워 ……………… 114

龜甲石 귀갑석 …………………… 116

修書一封 편지 한 통을 쓰다 …………………… 117

不讀都督印文 도독인문을 읽지 못하다 …………… 118

雲泉洞新羅事蹟碑 운천동 신라사적비 …………… 120

國會徽章改換以國文 국회휘장을 국문으로 바꾸다 ………… 122

無勝負之慾 없는 승부욕 …………………… 124

値眼光增進之會 안목증진의 기회를 만나다 …………… 126

端嚴之親日 단엄한 친일 …………………… 128

圓大卒業式風景 원대 졸업식 풍경 …………… 130

擔卸 짐을 벗다 …………………… 132

罷元旦茶禮 원단의 차례 후에 ·········· 134

偶吟 우연히 읊다 ·········· 135

春雨霏霏 주룩주룩 오는 봄비 ·········· 136

尋水鍾寺 수종사를 찾아 ·········· 138

贊東洲學兄尊師一心 동주학형의 스승 섬김을 기리다 ····· 142

値廢科頭年 폐과 첫해를 맞아서 ·········· 144

對鏡見數莖白眉憶童年一元旦 몇 가닥 흰 눈썹을 보며
어린시절 어느 새해 첫 날을 회상하다 ·········· 146

歎圍棋頻道一節目 바둑채널의 한 프로그램을 한탄하다 ····· 148

謹領金忠顯懸板書藝一册思先生『김충현현판서예』책을 받고
선생을 생각하다 ·········· 150

遇江宇先生反躬自省 강우선생을 만나 스스로를 돌아보다 ·· 152

觀江宇先生校閱本 강우선생 교열본을 보고 ·········· 154

迎春開花偶吟 개나리를 보고 우연히 읊다 ·········· 155

觀杜鵑花又偶吟 진달래를 보고 다시 우연히 읊다 ·········· 156

卽席走筆 즉석에서 시 짓다 ·········· 158

新湖南高速鐵開通 새 호남고속철 개통 ·········· 160

群影朋友不如前日 군영회 친구들 옛날 같지 않아 ·········· 162

哀一隻燕子孤飛 홀로 나는 제비가 애처로워 ·········· 164

世越號沈沒一年 세월호 침몰 일년 ·········· 166

畢文化財委員任期 문화재위원 임기를 마치다 ·········· 168

同參省齊女士古稀宴 성제여사 고희연에 동참하다 ·········· 170

暮春遠足 늦봄의 소풍 ·········· 172

古董估價難 골동 가격 매김 어려워 ·········· 174

題七次詩集序 일곱 번째 시집 서언을 쓰다 ·········· 175

相宇値滿期除隊 상우가 만기제대를 맞다 …………………… 176

惜文化財委員任期畢 문화재위원 임기 마침을 아쉬워하다 ‥ 178

過兒童節寫感想 어린이날을 보내며 감상을 쓰다 …………… 180

凌晨聞杜鵑咽鳴 꼭두새벽 소쩍새 우는 소리를 들으며 …… 182

寄藏山居士 장산거사에게 부치다 …………………………… 184

惜春 봄이 아쉬워 ……………………………………………… 186

迎敎師節書懷 스승의 날 맞아 기분을 적다 ………………… 188

寫扇子於飯局 회식에서 부채를 쓰다 ………………………… 190

過馬耳山 마이산을 지나다 …………………………………… 192

寄桑邨君 상촌군에게 부치다 ………………………………… 194

環顧張旭鎭美術館所懷 장욱진 미술관을 둘러본 감회 …… 196

値漢詩特論終講 한시특론 종강을 맞아 …………………… 198

托第七輯倦飛知還稿 제7집 권비지환 원고를 맡기다 ……… 200

評審五本博士論文 다섯 박사논문을 심사하고 …………… 202

寫奇瑰褙接紙兼述所有之緣 유다른 배접지에 쓰고 아울러
소유의 연고를 술하다 ……………………………………… 204

寫合竹扇後思其三旬試筆 합죽선을 쓴 후 30년 시필을 생각하다 206

無望今日大學書藝之前途 희망 없는 오늘 대학서예의 앞날 208

相思原谷先生 원곡선생님을 그리며 ……………………… 210

連綿不絕文化財有關之事 끊이지 않는 문화재 일 ………… 212

着手九輯詩稿 　아홉 번째 시집에 착수하다

昨晚 纔畢八輯稿本 再迎七月吉日 而於焉臨其九輯焉
　大抵九者 可徵多矣 其間 歲月不短 賦詩不少 猶有嘔鯁之聲
裝配字句而已 蓋凡事十年可通云云 所以令人愧慚 皆惟少壯不努
力之果也 而古語有失之東隅收之桑榆云 亦慰我心也

甲午 七月 吉日

　어제 지녁 여덟 번째 시집 초고를 마치고 다시 7월 첫날을 맞아 아
홉 번째에 임한다.
　대저 아홉이라는 것은 많음을 상징한다. 그동안 세월도 짧지 않고
지은 시도 적지 않으련만 아직도 역하고 껄끄러운 소리요 자구를 짜
맞출 뿐이다. 대개 뭇 일은 십년이면 통한다고 하던데 사람을 부끄럽
게 만드는 까닭은 모두가 젊어 노력하지 않은 결과다. 그러나 옛사람
의 말에 젊은 시절 잃었던 것을 노년에 다시 거둬들인다고 하니 이
또한 나의 마음을 위로해주는 말이다.

갑오년 7월 첫날

蹉跎惟不忍　허송세월 차마 할 수 없어
聊以覓詩情　시인의 정취 찾아 왔다네
一紀爲千首　열두 해에 천수를 지었건만
而猶嘔鯁聲　아직도 역하고 껄끄러운 소리어라

嘆人情紙薄 종잇장같은 인정을 탄식하며

昊延自駛 於車庫後進之次 輕輕接觸鄰家來賓之車 於是四十代
初夫婦 愣說附會之餘 終呼警察 不得不赴鐘路署交通系也
　夫其夫婦感知昊延 以保險加入所無之誤 欲取賠償而入院云云
胡說妄言 不知上下 其莫無可奈之悖惡 目不忍見 乃詢知人而後
雖以其所付壹百五十萬圓 竟成協議 十分膩歪 悽然無已 蓋所謂
再學人生云云 此之謂也

甲午 七月 二日

　호연이가 차를 몰아 차고에서 후진하다가 이웃집에 온 차를 가벼
이 부딪쳤다. 이때 40대 초반부부가 억지를 부리던 나머지 끝내 경
찰을 불러 부득불 종로경찰서 교통계에 갔다.
　저 부부는 호연이가 보험에 가입하지 않은 약점을 알고는 돈을 뜯
어내고자 입원운운하며 호설망언에 상하도 몰라 그 막무가내를 차마
볼 수 없었다. 지인들에게 물은 후 150만원에 합의를 보았지만 불쾌
만만이요 처연키 그지없다. 아마 이른바 인생을 다시 배운다고 운운
하는 것이 이를 이르는 말인가 보다.

갑오년 7월 2일

何事今多無禮人	어쩐 일로 요즈음 무례한 사람 많을까
無時駕駛見尤頻	때 없이 차 몰며 더욱 자주 대한다
不如禽獸人無道	사람들 금수만도 못하다고 말하지도 말라
暴惡於情紙薄倫	인정지박의 무리들보다 포악하지 않으리니

見軍門之兒　군문의 아들을 만나보고

尙佑(舊名 : 相宇)服務於鐵柵 得十泊十一日休暇 已過一周 然以
相忙 難見其影 今日趁以中食 端相其形容
夫其肌肥筋勁 殊非前日 蓋以其准時寢起及用飯也 聽道 每日上下
千階云 然 歸家纔度數日 事事隨便 心身弛緩 若逢退伍 不知何變

甲午 七月 三日

　상우가 철책에서 근무하다가 10박 11일 휴가를 얻었다. 이미 일주
일 지났는데 서로 바빠 그림자도 보기 어렵다가 오늘 점심식사를 틈
타 형색을 꼼꼼히 보았다.
　그 살지고 단단한 근육이 전날과 전혀 다르다. 아마 때에 맞추어
자고 일어나고 식사하는 때문이리라. 들건대 매일 천개의 계단을 오
르내렸다던데 겨우 몇 날을 보내면서 일마다 맘대로이고 심신이 해
이하다. 만일 제대하면 어찌 변할지 모르겠다.

갑오년 7월 3일

新兵鍛鍊伍	신병 부대에서 단련하더니
刮目對周身	온몸이 눈 비비고 볼만하구나
今日筋肥勁	오늘의 살진 근육
一生回憶新	일생에 추억이 새로울 터
苦勞時堙鬱	고생되고 답답함이
將令胷次伸	장차 가슴을 펴게 할거다

同行相宇歸伍　귀대하는 상우와 동행하고

今日 尙佑歸隊之日也 欲使參堂 兼謁歸源法師 午前九時出門
向寧越水周地藏寺 時辰之餘以到 憑以參拜月陀和尙浮屠 中食後
復向鐵原西面瓦水里 夕食後 留之於歸隊兵集結場所而歸焉
　終日駕馱 所以一不疲勞 先參願刹 聊以安慰 同行長路 滿目靑
山故也

甲午 七月 七日

　오늘 상우의 귀대 일을 맞아 법당에 참배도 하고 아울러 귀원 스님
도 뵙게하려고 오전 9시에 문을 나서 영월 수주면에 있는 지장사로
향하였다. 두 시간 남짓에 도착하여 이를 틈타 월타스님의 부도에 참
배하고 점심공양 후 다시 철원 서면 와수리로 향하였다. 저녁 식사
후 귀대병 집결장소에 남겨두고 돌아왔다.
　종일 운전했어도 하나도 피로하지 않음은 먼저 원찰을 참배하여
안위가 되었고 동행하는 길에 청산이 온 눈에 가득했기 때문이다.

갑오년 7월 7일

今日任情休暇兵　오늘 멋대로의 휴가병
朝來鐵柵哨崗行　내일이면 철책 초소행
軍門莫道虛空白　군대를 헛된 공백이라 말하지 마라
驗效潛心在一生　경험의 효력 일생 맘속에 잠재하리니

今任情休暇朝来

戟栅雪寒行軍門莫

逗空夜白龄劲营恩玉

一生

甲午十二月 尚佑
丙申冬
为之

寫玉洞琴指定調査報告書

옥동금지정조사 보고서를 쓰고

　　上月二十四日 國家文化財指定調査次 與金英云委員等 會同於
安山市所在星湖紀念館 見李漵所造而彈之玄琴 今日寫其報告書
而送之
　　夫其琴腹之中 有所刻玉洞二字若澄之一顆 又有八十字銘文 其
銘文中 爰得天心 宣暢堙鬱 蕩滌邪淫 一念之差 於斯乎禁 凡二
十字 扣人心弦
　　嗚呼 昔日士人以書畫琴棋詩酒花爲適情之資 今日書家 只以弄
筆爲戲耳

甲午 七月 八日

　　지난달 24일 국가문화재지정조사차 김영운위원과 안산에 있는 성
호기념관에 회동하여 이서가 만들어 타던 거문고를 만나보고 오늘
보고서를 써서 보냈다.
　　거문고의 뱃면에 〈옥동〉 두 자와 〈징지〉 도장 한 방을 새긴 것이
있고 또 80자 명문이 있다. 명문 중에 "천심을 얻어 답답함을 풀어내
고 사음을 씻어내며 한 생각의 잘못도 이에서 금하노라"한 20자가
심금을 울린다.
　　아! 옛 선비는 글씨 그림 거문고 바둑 시 술 꽃으로 성정에 순응하
는 꺼리로 삼았는데 오늘 서가는 다만 붓장난을 일삼을 뿐이다.

갑오년 7월 8일

嚮士風流書畵重　옛 선비 풍류로 서화를 중히 하고
灌花坐隱醉詩情　꽃 기르고 바둑 두고 시정에 취하고
調琴時欲天心得　조율로 천심을 얻으려 했건만
喪志今人塗墨行　지조 잃은 오늘 서가 먹 바름만 행하누나

齒痛 치통

　自三四日前　右上兩齒有痛　適善墨會土曜硏討會參席次嘉林女
士來臨　畢後　從女士　與鄭賢楨鄭善珠兩女士　之板橋所在咸來齒科
　韓院長廷秀博士　細以察之　拍片而看　齒齦多熔　未久不得不拔
云　去年健齒　至於此境　不知其由焉

甲午 七月 十九日

　삼사일 전부터 오른쪽 윗니 둘이 통증이 있어왔는데 마침 선묵회
토요공부참석차 가림여사가 왕림하여 끝나고 여사를 따라 정현정 정
선주 두 여사와 판교소재 올치과에 갔다.
　한원장 정수박사가 자세히 살피고 엑스레이를 찍어보더니 치근이
제법 녹아 미구에 부득불 뽑아야 된다고 한다. 작년의 건치가 이 지
경에 이르렀으니 그 이유를 모르겠다.

갑오년 7월 19일

健齒無心信　무심히 믿어왔던 건치
熔齦驚且吁　치근이 녹았다니 놀라워 탄식한다
齒亡終在舌　이는 사라지고 혀만 남는다더니
豈騙老來吾　진리가 어찌 늙어진 나를 속이리

世越號沈沒百日　세월호 침몰 백일

世越號所沈沒已過百日　尙不收拾十人尸身　令人哀惜　其間　擧民目睹我國之況　苟無以換骨奪胎　則無有前途　都無所爲先進國不言可知也

我嘗切望朴槿惠政府能成韓國改造　而一以不異於前　失望莫及保守無能　襲以舊態　進步無智　而助失政　嗟夫

甲午 十月 二十四日

세월호 침몰이 이미 백일이 지났는데 열사람 시신을 아직도 수습하지 못해 애석케 한다.

그동안 온 백성이 우리나라의 정황을 목도하고도 만일 환골탈태가 없다면 전도도 없으리니 선진국이 된다는 것은 말할 것도 없다.

내 일찌기 박근혜정부가 한국의 개조를 이루기를 절실히 바랬는데 전과 다름이 없어 실망 막급이다. 보수는 무능하여 구태를 답습하고 진보는 지혜가 없어 실정을 조장하고 있으니 탄식이로다.

갑오년 10월 24일

世越沈沒過百日	세월호 침몰 백일이 지나면서
慣看我國亂無章	우리나라 어지러운 무질서를 익히 보았네
與圈失策空回避	여권 실책을 회피하고
野黨游行自食傷	야당 시위에 식상하였네
邪敎異端無得治	사교 이단도 다스리지 못하고
謠言詭辯不能防	유언비어도 방비하지 못하다니
公衙道泯公權失	관아에 도는 사라지고 공권력마저 잃었으니
事事乖違何日匡	일마다 어긋지는 것을 언제나 바로 잡으리

題砂宅智積碑 사택지적비에 제하다

時在2002(壬午)年 藝術殿堂選定書家 使各臨一古書跡 又以其
筆意使作一幅 彼時 砂宅智積碑歸屬於我 爰以臨寫二七宣紙 而
屬文以作四八宣紙 乃受賞嘆於故農山鄭充洛先生 己有旬稔
　至於今年六月 爲文化財指定調査 親撫此碑於扶餘博物館 感慨
萬端
　此碑曾爲國寶乃可 而今方寫其報告書 晚歎至深也

甲午 七月 二十九日

　2002(임오)년 예술의전당이 서가를 선정하여 각각 한 개의 옛 서
적을 임서케 하고 또 그 필의로 한 점을 작품하게 하였다. 그때에 사
택지적비가 나에게 떨어져 이에 두 자×일곱 자 크기의 선지에 임서
하고 글을 지어 네 자×여덟 자 크기의 종이로 작품하여 고 농산 정
충락 선생한테 극찬을 받았는데 이미 십 년이 되었다.
　올 유월에 이르러서는 문화재지정조사를 위하여 부여박물관에서
손수 이 비를 어루만지고 감개가 무량하였다.
　이 비는 일찌기 국보가 되었어야 하는건데 이제야 그 보고서를 쓰
다니 만시지탄이 깊을 뿐이다.

갑오년 7월 29일

1)

左斷碑身難得尋　왼쪽 잘려나간 비신 찾을 수 없고
佚文無閱嘆嗟深　사라진 문장 읽을 수 없어 탄식 깊다
嘗爲國寶應當物　벌써 국보가 되었어야 될 비
親撫臨査滿喜心　몸소 조사에 임하니 기쁨 가득하다

2)

騈文句句露眞心　변려문 구구마다 진심 드러나고
日月難還似老吟　돌릴 수 없는 해와 달 같은 늙음을 신음했네
身後輪回歸淨土　죽어 윤회하다 정토에 가나니
誰人願力惜捐金　불보살께 비는 마음에 출연금 아낄까

屢發兵營事故　자주 일어나는 병영사고

比來　連日報道兵營內事故　亂射自盡毆打支開等等是也　曩者
某兵長銃器亂射於鐵柵前方　而使戰慄　今日某一兵見打以死　二十
八師團長爲首　直屬上官十六人免職　甚至陸參總長亦辭退
今日則爲尙佑入隊朞年之日　尤在鐵柵　憂心無垠

甲午 七月 三十日

　요즈음 연일 병영내의 사고가 보도된다. 난사 자진 구타 왕따 등등
이 그것이다. 전에도 병장이 철책전방에서 흉기를 난사하여 전율케
하더니 오늘 모 일병이 구타로 죽어 28사단 사단장을 위시하여 직속
상관 16명 일체가 면직되었고 육참총장마저 사퇴하였다.
　오늘은 상우가 입대한지 만 일년이 되는 날이다. 더우기 철책에 있
어 걱정이 가없다.

갑오년 7월 30일

1)

毆打頻于伍	부대에 구타가 자주 있고
支開兵獨愁	왕따병 홀로 근심이어라
看過人性果	인성을 간과한 결과리니
方便亦無猷	방편으로 꾀할 수 없으리

2)

銃擊頻仍發	총격도 자주 발생
間間自盡謀	간간이 자살도 있다
弊端今亦在	폐단이 아직도 있으니
臨戰奈相投	전쟁나면 서로 투합할 수 있을까

泯滅石田　사라진 돌밭

凡三十餘年前　從陳正祐牧師　之提川所在桃花里　而探石以始
與李容邦先生　鄭金教樂師　菖石霧林春谷南泉學兄等等　時覓下津
梨浦康川牧溪平昌富論彌沙里外東江漢灘江等壽石產地
　　如今　桃花下津等地水沒已久　尤因以四大江治水　南漢江心處處
見覆　石田泯滅　是以　雖不拾名石　而友誼增益　自然爲法　時添手
談　每爲自娛　悉皆亡之　不禁茫然
　　今次迎夏期休暇　與鄭樂師菖石霧林等三兄　游丹陽三日　圍棋之
餘　尋川邊石田　拾坐佛紋樣石　喜而歸矣

甲午 八月 二日

무릇 30여년전 진정우 목사님을 따라 제천에 있는 도화리에 가서
탐석한 것을 시작으로 이용방선생 정금교약사 창석 무림 춘곡 남천
학형 등등과 때로 하진 이포 강천 목계 평창 부론 미사리 외 동강 한
탄강 등 수석산지를 찾았다.

지금 도화리 하진 등지는 수몰된지 오래고 더우기 사대강 치수사
업으로 남한강심이 곳곳이 뒤집혀져 돌밭이 사라졌다. 이 때문에 비
록 명석은 못 주울지라도 우의를 증익하고 자연을 법 삼으며 때로 바
둑을 더하여 매양 자오함이 되었는데 모두 없어져 망연키 그지없다.

이번에 하기휴가를 맞아 정약사 창석 무림 세형과 단양에서 사흘
을 놀면서 바둑 두는 여가에 단양천 돌밭을 찾았다가 좌불 문양석을
주워 기뻐하며 돌아왔다.

갑오년 8월 2일

1)

石塊無時滾　돌덩이 때 없이 굴러
皮膚滑洗磨　피부처럼 씻기고 갈리었네
平原山水在　평원석 산수석에
嵌字物形多　글자도 박혀있고 형상도 있네

2)

四江因治水　사대강 사업으로
沙礫泯無摯　자갈 사라져 만져볼 수 없네
樂趣亡能許　즐거운 취미 잃은 것은 그렇다하고라도
天然復奈何　자연은 어찌 되돌려 놓으리

做小品一幅 소품 한 폭을 만들고

韓國書藝家協會爲之明年五十周年盛展　迎今年四十九回展　開
小品展　使會員賣以低價　而求募捐　此曾所論於理事會議
　我當會長　乃以應之　寫鏡峯禪師語錄一則於八切紙　汲泉洗硯
養性長年是也
　自本月二十日　凡十四日間　擧行于仁寺洞佑林畫廊　書藝敝屣之
際　成事不測　拙品論價五十　亦不知得賣

甲午 八月 六日

　한국서예가협회가 내년 50주년 성대한 전시를 위해 금년 49회전
을 맞아 소품전을 열어 회원들에게 싸게 매매하여 출연을 구하기로
하였다. 이는 일찌기 이사회에서 논한 것이다.
　나는 회장으로서 이에 응하여 경봉선사어록 한구를 8절지에 썼는
데 "샘물 길어 벼루 닦으며 성정을 길러 장수하리"가 그것이다.
　이번 달 20일부터 두 주간 인사동 우림화랑에서 개최하는데 서예
가 헌신짝처럼 버려진 지금 성사를 예측할 수 없고 졸품을 50만원에
정했는데 팔릴지 또한 알 수 없다.

갑오년 8월 6일

協會經營爲半百　협회 경영해 온지 반백년
周知唯一冠書壇　서단의 유일한 으뜸의 모임
明年名不虛傳示　내년에 명불허전을 보여줘야 될텐데
凡事非金成事難　범사가 돈이 아니면 성사될 수 없으니

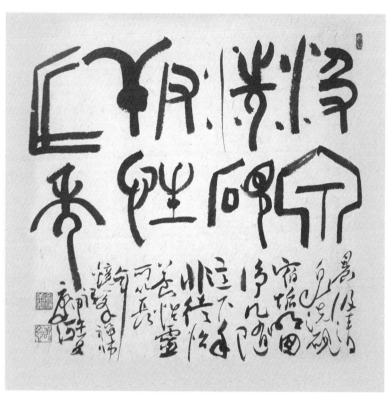

제49회 한국서예가협회전 출품작

厭棄 싫어서 회피하다

於戲 於我心 厭棄有五 一則韓文專用論者 不容漢字 國語日亂
故也 二則似而非進步 標榜民主 從北爲事故也 三則似而非基督
人 排他爲群 抹煞傳統故也 四則親美主義者 盲信美勢 令忽自主
故也 五則實用書藝追隨者 草率末技 誤導本質故也
　大抵人間所向不同 各有所好 難與取必 何留心胸之間 厭則厭
矣 或者謂我以爲觀念保守之人 不無反嫌之彈 而吾之素懷 何不
吐露也哉

甲午 八月 十二日

　내 마음에 싫어서 회피하는 것 다섯이 있다. 첫째는 한글전용론자
니 한자를 용납하지 않아 국어를 날로 어지럽히기 때문이다. 둘째는
사이비진보니 민주를 표방하며 종북을 일삼기 때문이다. 셋째는 사
이비기독교인이니 배타로 무리지어 전통을 말살하기 때문이다. 넷째
는 친미주의자니 미국의 세력을 맹신하며 자주를 소홀하게하기 때문
이다. 다섯째는 실용서예추종자니 갈겨대는 말기로 서예본질을 오도
하기 때문이다.
　대저 인간이란 부류의 지향하는 바가 달라 각자 추구함이 있기에
상대할 수 없음을 어찌 마음에 두랴만 싫은 것은 싫은 것이다. 혹 남
도 나를 보수적 관념자라 하여 싫어하는 바가 없지 않겠지만 평소 나
의 흉금을 어찌 토로하지 않을 수 있으랴!

갑오년 8월 12일

奈何秉性初同質　어찌 천성은 본시 같건만
世上許多難與匹　상대할 수 없는 사람 이리도 많은가
易地應爲我反然　역지사지 나도 도리어 그렇게 여겨지려니
不同類別空盤詰　부류가 다른 것을 부질없이 힐책하는건가

愛國歌有感 애국가 유감

　愛國歌一則 曰 無窮花三千里 華麗江山 又曰彼之松樹於南山
之上 如繞鐵甲然
　然 國花罕見街巷 松樹稀少於南山 不亦可笑乎 時時口口 長唱
愛國歌 而奈何不見國花滿發長紅於槿域 松樹鬱蒼獨靑於南山乎
夫以如今衰況 那得鼓吹無窮愛國之心 鼓舞鐵甲氣像之志乎
　意者 國花見忽 則母國見侮 南山不變 則擧民不易 光復節日之
我言 胡說妄言也哉

甲午 八月 十五日

　애국가 구절에 "무궁화 삼천리"라 하고 또 "남산 위에 저 소나무
철갑을 두른 듯"이라고 하였다.
　그러나 무궁화를 거리에서 볼 수 없고 소나무 남산에 희소하다. 우
습지 않은가!
　시시로 모든 사람들은 애국가를 부르면서 어째서 근화세계에 무궁
화는 길이 피우지 않은 것이며 남산의 울창한 소나무를 독야청청하
게 만들지 않는가! 오늘의 이처럼 쇠잔한 모습으로 어떻게 무궁한 애
국심을 고취시키며 철갑과도 같은 기상을 고무시킬 수 있을 것인가!
　내 생각건대 국화가 홀시 당하면 모국도 수모를 당하며 남산이 변
하지 않으면 온 백성 바뀌지 않을 것이다. 광복절에 내가 하는 이 말
들 헛소리요 망언일까!

갑오년 8월 15일

1)

槿花渠質性	무궁화의 바탕과 천성은
堅忍且慇懃	참을성과 은근함
罕見玆疆土	강토에 보기 어려우니
虛塡不效群	닮지 못한 무리만 가득타

2)

南山爲甲相	남산을 철갑모습 만들려면
當繞赤松群	적송으로 둘러야 할 터
春到櫻花滿	봄이면 벗꽃 가득하니
焉能愛國云	어찌 애국을 운운할 수 있으리

吾民猶如湯火
끓는 불과 타는 불같은 우리나라사람

敎皇訪韓日程 盡終而歸焉 凡四泊五日間 許多印象留之 和解
疏通謙遜下心灑脫等是也 然 頗有言論過剩報道之瑕 又有衆人附
和雷同之玷 令人嚬蹙
韓國人於一事所發生也 易以動搖熱狂 無以悠然沈隱 恰似湯火
不過幾日 何時在焉然 是則民氣之好處乎 誠不如冷淡 何必鬧騰
一場乎

甲午 八月 十八日

교황이 방한일정을 마치고 돌아갔다. 4박5일간 허다한 인상을 남
겨놓았다. 화해 소통 겸손 하심 소탈 등이 그것이다. 그러나 자못 언
론의 과잉보도의 티가 있었고 또 뭇 사람들의 부화뇌동의 흠이 있어
나를 찌푸리게 하였다.
한국인은 발생한 한 일에 있어 쉽게 동요 열광하고 유연 침착함이
없다. 흡사 끓는 물 불덩이 같아 불과 며칠에 언제 있었더냐한다. 이
것이 우리 의기의 좋은 점일까? 진실로 덤덤함만 못하리니 굳이 이
처럼 법석을 떨어야 할까!

갑오년 8월 18일

何故民心如沸水	어째서 우리나라사람 끓는 물 같을까
奈何熱火抱胸懷	어째서 불덩어리를 가슴에 품었는가
鬧騰一事過三日	어떤 일 법석 떨다 삼일만 지나면
事在何時忘悉皆	언제 있었더냐 다 망각 하는구나

見御雲先生 어운선생을 만나고

傍晚之際 內兄夫妻 訪問山房
　內兄御雲宋明信先生則現中國夏門大學書法系敎授 居住中國己
近二旬 於是 見其瘦削之顔 可知異客外地之苦
　晚餐之餘 竊聞之 弘一法師作品價己凌齊白石 對聯拍賣七百億
云 又吐不禁失笑之言 現中國書壇情況以比之 則摩河先生作品應
受億臺乃可云云
　嗚呼夫三旬前 是菴鐵農兩位吾師 時時得賣半切兩三百 我今已
進重鎭隊列 年中壹百亦難受 此悲歎之心 何以陳訴 今日韓國書
家 誠可憐甚極也
　　　　　　　　　　　　　　　　　　　　　甲午 八月 二十日

　저녁나절 처남부처가 산방을 찾았다.
　처남 어운 송명신 선생은 현 중국하문대학 서예과 교수인데 중국
에 산지 20년에 가깝다. 이때에 깡마른 얼굴을 보니 외지 나그네의
고충을 알만하다.
　만찬 끝에 듣자하니 홍일법사의 작품가가 이미 제백석을 능가하여
대련이 700억에 낙찰되었다고 한다.
　또 실소를 금치 못할 말을 하는데 현 중국서단의 정황으로 비교하
면 마하선생작품은 응당 억대는 받아야 된다고 하였다.
　아! 30년 전 시암 철농 두 분 선생님은 때때로 반절지에 이삼백을
받았는데 내 이미 중진대열에 들어갔어도 일년중에 백만원도 받기
어렵다. 이 비탄의 마음을 어떻게 하소연 하리오! 오늘의 한국서가
실로 가련의 극치어라.
　　　　　　　　　　　　　　　　　　　　　갑오년 8월 20일

1)

書壇居重鎭　　서단의 중진으로
長歎昔別今　　전과 다른 오늘을 탄식한다
一物無能賣　　한 점도 팔 수 없으니
終身何足金　　종신 넉넉할 수 있으리

2)

自言金使遠　　자언하기를 돈을 멀리 해야
心畫可淸新　　심획이 맑고 새롭다했건만
莫重於生理　　사는 게 막중한 바
思華羨富人　　중국서가 부러워하는 꼴이라니

第四十九回韓國書藝家協會展

제49회 한국서예가협회전을 맞아

　昨日第四十九回韓國書藝家協會展剪彩於仁寺洞佑林畵廊 於是
斯界元老松泉友山石蒼先生等參席以激勵 我任賀辭 祝願會員藝
祺若協會恒久
　此展則爲明年五十周年展 基金籌措之一環而成者也 凡五十六
人塡壁 其一作算價 大略五十萬圓內 然 不知其成果與否
甲午 八月 二十一日

　어제 제 49회 서예가협회전이 인사동 우림화랑에서 개최되었다.
이에 사계의 원로 송천 우산 석창선생이 참석하여 격려하였고 나
는 축사를 맞아 회원의 예술발전과 협회의 항구를 기원하였다.
　이 전시는 내년 50주년 전을 위하여 기금모금의 일환으로 이루어
진 것이다. 56분의 회원이 벽을 메웠는데 한 작품에 대략 50만원 안
쪽으로 매겼다. 그러나 성과여부는 알 수 없다.
갑오년 8월 21일

明年爲盛展	내년의 성대한 전시를 위해
小品賣完時	소품이 다 팔려야 할 때다
每作排禁彩	매 작품 채색을 금하였고
擧人捐棄私	모든 회원 사심을 버리기로
裝潢非古式	표구는 옛 방식 아니어도 되고
補壁構離奇	진열은 색다르게 하리니
籌措基金事	기금 마련의 일
惟祈成所期	잘 되기를 기원할 뿐

寫墨龍寺懸額 묵룡사 현액을 쓰고

去年 知人徐弘來先生爲和尙 得號法準 黑石洞處所爲法堂 命
曰墨龍寺

京來女士曾以周旋 與瀾濤散人悠然堂朴美子女士訪之 寫墨龍
寺懸板之餘 兼揮毫一念普觀悠然見南山逍遙自如三幅橫額

法準和尙 曾專攻設計 曩者 有所圖案長壽稱酒商標 猝至半百
出家入敎 恰似先考所履 更爲親近 自增交情也

甲午 八月 二十三日

작년에 지인인 서홍래 선생이 스님이 되어 법준이란 호를 받고 흑
석동 처소를 법당으로 삼고 묵룡사라고 하였다.

경래여사가 일찍이 주선하여 난도산인 유연당 박미자여사와 방문
하여 묵룡사 현판을 쓰는 여가에 〈일념보관〉〈유연견남산〉〈소요자
여〉 세 폭 횡액을 휘호하였다.

법준화상은 일찍이 디자인을 전공하였다. 전날 장수막걸리상표를
도안한 바 있으며 50중반에 출가하였다. 아버지의 이력과 흡사하여
더욱 친근한 바가 되었고 절로 우의가 더해졌다.

갑오년 8월 23일

爲事層層別	일삼는 것 층층 다르고
人間職分多	인간세상 직분도 많아라
出家由不問	출가자에 이유 물을 수 없고
露宿莫能訶	노숙자를 나무랄 수 없다

命名一號 호 하나 짓고

鄭金敎藥師　退休藥業而後　管理自所有雙門十字路所在一大廈
執務室在其屋上　室則五坪餘　而周邊頗廣　梨萍果葡萄等果樹　開
花結實　到處壽石　玩圍碁　勸一杯之適所　石林會四人　間間會同於
此　消遣屢年
　今夕　雲間新月　彷彿柳葉　藥師又邀三人　一碁一觴　可樂無盡
藥師九年年長　平素難以呼稱　於是　命號曰藥山　菖石霧林兩兄曰
好　長本亦以爲欣快
　大抵吾四人之游　已過二紀　唯願將來又得三旬矣

甲午 八月 二十九日

정금교 약사님이 약국 일에서 은퇴한 후 자기소유의 쌍문동 사거
리에 있는 건물을 관리한다.
　집무실이 옥상에 있는데 넓이가 다섯 평 남짓하지만 주변이 자못
넓어 배 사과 포도등 과일나무가 꽃피고 결실하며 도처에 수석이 있
다. 바둑을 놓고 한잔 권하기에 적소라서 석림회 넷이 간간이 여기모
여 시간 보내기를 여러 해다.

오늘 저녁 구름사이 초승달이 버들잎 방불한데 약사께서 또 셋을 불러 바둑 두고 한잔에 즐거움이 무진이었다. 약사는 나보다 9년 연장이라 평소에 호칭하는 것이 불편했는데 이때 호를 약산이라고 지었더니 창석 무림 두 형이 좋다하고 본인도 흔쾌히 여겼다.

대저 우리 세 사람의 교유가 이미 25년이 지났다. 오직 앞으로 30년이 지속되기를 기원할 뿐이다.

갑오년 8월 29일

相間呼別字	서로간 호를 부름은
狎昵又相親	가깝고도 친해서라네
無論同年下	연하는 물론
疏通長一旬	열살 위도 소통한다네

見季生 막내학생들을 보고

値新學期 臨一年生篆書講座而觀 三十八人中 僅留十四
夫其受講者 不達十二 卽爲廢講 剩其十四 可免之矣 然 目不
識丁之者一幷離此 授業反而易得 而先難嫌避 乃爾 何爲好事也

甲午 九月 三日

신학기를 맞아 1학년 전서실기시간에 임해서 보니 38명중 14명만
남았다.

무릇 수강자가 12이 안되면 폐강인데 14이 남았기에 가히 이는 면
했다. 그러나 까막눈들이 한꺼번에 떠나버려 수업은 오히려 편하다.
그러나 자신이 해야 할 어려운 일을 먼저 힘써야 함에도 이처럼 회피
하니 어찌 잘된 일이리오!

갑오년 9월 3일

圓光辜負人期望　기대 저버린 원광
只有三年系影無　삼년이면 과의 모습조차 없다네
喪氣新生哀作季　풀죽은 신입생 막내 된 것 애처롭고
而敎落魄老師吁　실의에 빠진 늙은 스승 탄식하게 한다네

우리 4학년

永別雨亭居士 우정거사를 영별하고

善墨會一員雨亭金權爕大雅 以心臟痲痺辭世 享年五十二
屢年間 江陵首尔間 如出入閨室然 近間 爲博士論文所負擔 疲
勞累積 鐵也亦能耐乎
鼎盛之歲 忽然急去 惋惜無已 師弟結緣二旬 無別兄弟 撒手往
生 痛惜不禁
嗚呼 先失兩弟 又喪門徒 我之運數可言崎嶇也 噫 知我者又復
長逝 人生無常 傷感莫及

甲午 九月 七日

선묵회 일원인 우정 김권섭 대아가 심장마비로 세상을 떠났다. 52
세다.
다년간 강릉 서울을 안방 드나들듯 하였고 근간 박사논문이 부담
되어 피로가 누적되었으리니 무쇠인들 견뎠을까?
한창때 홀연히 가버려 안타깝기 그지없고 사제 간 20년에 형제와
다름없었는데 손 놓고 왕생이라니 통석을 금할 길 없다.
아! 먼저 두 동생 잃고 또 제자도 잃다니 내 운수 기구하다 하리
라. 아! 나를 알아주는 사람 다시 또 잃었구나! 인생무상 비감막급이
로다.

갑오년 9월 7일

1)

死生雲起滅　나고 죽음 구름인 양
朝露似哀憐　아침 이슬인 양 애닯다
年老雖爲少　늙거나 젊거나
無常無後先　가는 것 앞뒤 없구나

2)

心善人人譽　착하다 기려지고
兼才問學親　재주에 학문까지
其人天旣悉　사람됨 하늘은 아셨을 터
何事促歸眞　어찌 일찍 데려가셨는가

秋夕所懷 추석날 소회

秋夕傍晚 几前獨坐 左思右想 心亂如麻 無他焉 人亡又自忙
於茶禮會者日稀 於知己似雨亭者亦日少 學科廢止 落拓盆山 名
退亦難 苦悶尤深 雪上加霜 到處使人蹙頤 在在夜叉是也 噫 怨
聲冲口而出 節日心思 奈何
俗言有莫加莫減而只若今日云 此所以心願 而尚歎也已 晚來每
逢佳節 心思沈重 蓋是非我獨所懷之感焉

甲午 九月 八日

추석날 저녁 책상 앞에 홀로 앉아 이리저리 생각하자니 착잡만 하
다. 다름 아니라 사람가고 또는 절로 바빠 차례에 참석하는 식구 적
어지고, 우정 같은 지기도 날로 적어지고, 학과는 폐지되어 익산에서
실의에 빠져 지내고, 명예퇴직도 맘대로 못해 고민만 더욱 깊고, 설
강가상 도처에 나를 이맛살 찌푸리게 하는 야차같은 것들이 그것이
다. 아! 명절날 마음 원성만 나오니 어쩐담!

속언에 "덜도 말고 더도 말고 오늘만 같아라" 한 것이 심원이기도
하지만 탄식이기도 할 터, 늙어져 명절을 만날 때마다 번상은 더욱
심하고 마음은 무겁다. 아마도 이것이 나만 품고 있는 느낌은 아니
리라.

갑오년 9월 8일

毋減毋加今日似　　더도 덜도 말고 오늘만 같아라
云云所望却爲差　　운운하는 소망 어기어만 가는구나
日參茶禮稀星漢　　날로 차례에 참가식구 적어지고
時見凡人險夜叉　　때로 인간들 야차가 따로 없네
知己歸眞留不挽　　지기는 가는 것 만류 못하고
有緣繞脚斷無遮　　인연 성가셔도 막을 수 없어라
老來自若期如願　　늙어져 유연자약이 바람이언만
佳節人心亂似麻　　추석명절 이 마음 착잡만 하다

見白山全相圭筆匠
백산전상규필장을 만나고

首尔特別市無形文化財指定一環 與市廳歷史文化財課金振英主
務官金三代子委員等 訪問銅雀區上道洞所在白山全相圭筆匠工房
　工房是所謂屋塔房 其規貌狹小而陋 而其筆匠淳朴之質姿 令人
舒服 少焉 觀展示空間 毛穎密密 筆筆秀麗 無非所以生心之作
　白山筆匠之筆 用之己久 未嘗不中 而今日不見其製筆課程 頗
以爲恨

甲午 九月 十五日

　서울특별시무형문화재 지정일환으로 시청문화재과 김진영주무관
김삼대자 위원 등과 동작구 상도동에 있는 백산 전상규 필장의 공방
을 방문하였다.
　공방은 소위 옥탑방인데 규모가 협소하고 누추하지만 그 필장의
순박한 바탕과 자세가 사람을 편안케 하였다. 얼마 후 전시공간을 보
았는데 가득한 붓이 붓마다 수려해 생심의 것이 아님이 없다.
　백산 필장의 붓을 써온 지 오랜데 맘에 들지 않는 게 없다. 그러나
오늘 제필 과정을 보지 못해 자못 아쉬웠다.

갑오년 9월 15일

小屋羊毫積累岑　옥탑방에 양호 높이 쌓여있고
懸垂毛穎似懸針　늘어진 붓 현침 획같이 가득타
尖齊圓健雖靈秀　첨제원건의 네 가지 덕목이 빼어난들
那得方於匠一心　어찌 필장의 한결같은 마음만 같을까

送浙江五賓 절강의 다섯 손님을 보내고

今日下午 申時之初 開幕浙江大學中國藝術研究所及圓光大學
校大學院書藝學科間師生交流展於圓佛教歷史博物館 此展去春所
開浙江其巡廻一環

爲之金曉明林如兩敎授硏究生劉含之蔡思超徐小憶等五位枉臨
而此事乃林如鄭善珠兩人 鳩心致力之果

於是 參席作家 漫揮於假設白壁 浙江五人 選文稱席 又縱橫揮
之 令人歎觀 然 知其文義者 稀若曉星 嗟夫

少焉 橫斷校庭 之新洞 尋食堂及酒店 咸悅之餘 相約兩載後再
開其二回展 而來事未可知 成事不可測 臨別依依而已

甲午 九月 十六日

　　오늘 오후 3시 남짓 절강대학중국예술연구소와 원광대학교대학원
서예학과간의 사생교류전을 원불교 역사박물관에서 개막하였다. 이
전시는 지난해 봄 절강에서 치루었던 순회전의 일환이다.

　　이를 위하여 김효명 임여 두 교수와 연구생 유함지 채사초 서소억
등 다섯 분이 왕림하여 참석하였는데 이 성사는 임여와 정선주 두 사
람이 마음을 다해 힘쓴 결과이다.

　　이때에 참석 작가가 가설의 흰 벽에 맘대로 휘호하였는데 절강손
님들의 글감이 자리에 걸맞고 자유분방한 휘필이 나를 감탄케 했다.
그러나 그 글의 뜻을 아는 이가 거의 없어 안타까웠다.

　　얼마 후 교정을 가로질러 신동에가 식당과 주점을 찾아 함께 기뻐
하던 나머지 두해 후 두 번째 전시를 다시 열자고 약속했다. 그렇지
만 성사를 헤아릴 수 없기에 헤어짐이 아쉬울 뿐이었다.

갑오년 9월 16일

浙江嘉賓自怡怡　절강 귀빈 절로 즐겁고
落薄吾人惟忸怩　실의의 우리들 쭈뼛쭈뼛
一回雖終何須嘆　일회로 끝난다고 한탄만 할 것이며
系竟逢廢安只悲　과가 폐지되었다고 슬퍼만 하리
我慣聽　　　　　나는 익히 들었다네
君應知　　　　　그대도 응당 알겠지
明日地球雖盡滅　내일 지구가 망한다 해도
然而種果樹今爲　오늘 사과나무를 심겠다는 말

寄耽墨會書藝展 탐묵회 서예전에 부쳐

敝科卒業生信山金成德牽引耽墨會於益山 近日開幕首次會員展
於裡里文化藝術會館 偸閑以赴 一瞥書痕 於是 其出品者二十二
人中 敝科出身者占有十四 乃以驚之
　大抵褚河南楷書若王鐸行書兩風爲主流 雜出篆隷 字字流麗 筆
筆遒勁 然 靑壯之年 可期造就 而反爲籠罩師風而奴書 又不以道
問學爲歸趣 苦澁而歸

甲午 九月 十七日

　우리과 졸업생 신산 김성덕이 익산에서 탐묵회를 이끌고 있다. 요
사이 첫 번째 회원전을 이리문화예술회관에서 개최하여 짬내 가서
자취를 일별하였다. 이때 출품자 22명중 우리과 출신이 14명이라 놀
랬다.
　대개 저수량해서와 왕탁행서 두 유풍이 주류이고 전예가 섞여있는
데 글자마다 유려하고 획마다 굳세다. 그런데 청장년시기에 조예를
기약할 수 있는 것이어늘 도리어 선생유풍 자욱한 노서이고 또 학문
을 말미암지 못하기에 씁쓸히 돌아왔다.

갑오년 9월 17일

師風滿室實　스승유풍 자욱하나
布白露磨磚　포치에 공들임 드러난다
實實嬋娟字　튼실한 고운 글씨
堂堂風雅筵　당당한 풍아한 자리
人生還不短　인생은 그리 짧지 않고
藝道本無邊　예도는 그지없나니
獨到幽深境　홀로 심원한 지경에 이르려면
先揖手寫專　먼저 오로지 쓰는 걸 버릴지어다

寄博士生 박사생에게

　値今番學期 設中國思想特論講於博士班 察其受講者名單 晚學金炫廷金蓮弱冠黃仁炫中國人留學生張克外 又有古考美術史學科金智延金惠英金雅凜 加之晚學聽講博士班鄭銀淑碩士班崔順福等凡爲九人

　吾系者六人中 五人專攻文人畵 考美史三人亦攻佛敎繪畵 是以淸末陳師增所著中國繪畵史若芥子園畵傳兩冊爲敎材 然 八人不熟漢文 張克聽力未洽 此只將爲自修惟敎學之半而已

甲午 九月 十八日

　이번 학기를 맞아 박사반에 중국사상특론을 설강하였다. 수강자 명단을 살펴보니 만학도 김현정 김련 약관의 황인현 중국인 유학생 장극 외에 또 고고미술사학과 김지연 김혜영 김아름이 있고 만학도 청강자 박사반 정은숙과 석사반 최순복 등 모두 9사람이다.

　우리과의 여섯 중 다섯이 문인화전공이고 고고미술사 셋은 불교회화전공이다. 때문에 청말 진사증이 지은 중국회화사와 개자원화전 두 권을 교재로 삼았다. 그러나 여덟은 한문을 잘 모르고 장극은 잘 듣지 못하니 이는 다만 가르침으로 내 공부를 삼을 뿐이다.

갑오년 9월 18일

1)

書壇沈滯令人嘆	서단이 침체하여 한숨짓게 하더니
甚至系亡哀俊才	심지어 과까지 망해 준재들 애련타
獲位無方無所用	학위 얻어도 방도도 소용도 없겠지만
而孚致用有將來	씀이 있고 장래가 있을 것을 믿노라

2)

京鄕考古專攻在	경향의 고고미술사학전공
問學途程無盛衰	학문도정에 성쇠 없구나
分野相殊門徑一	분야는 달라도 길은 하나이니
畵工畵幅勿徘徊	화공들 화폭에 배회하지 말지어다

觀名蹟發刊紀念展槪要

명적발간기념전 개요를보고

一舟·學術文化財團職員蔡汶姃女士爲藝術殿堂若太光俱樂部所
共同主辦韓國書藝名蹟法帖發刊紀念展 爰執展示計劃案及白月碑
複寫一梱而訪山房

觀其展示槪要 立知其企劃之周於作家名單及作品排置圖 夫其
共十五書家 分類好太金生李嵒李晃尹淳等五名蹟 而使成爲其再
解釋作品 下月二十四日起 兩月餘間 所以展出於鐘路區新門路一
街所在善化畵廊 我與朴大成畵伯邊堯寅先生安財成君 屬於金生
太子寺朗空大師白月栖雲塔碑

聽道 己樹三年計劃 擴充名蹟 每年選拔十五書家而繼之云 今
次 始肇其年得以見拔 幸榮無盡 將賦詩一首 欲以揮之於 260cm
×180cm紙而補壁焉

甲午 九月 二十六日

일주학술문화재단직원 채문정여사가 예술의 전당과 태광그룹이 공
동주최하는 한국서예명적법첩발간기념전을 위하여 전시계획안과 백
월비 복사본 한 꾸러미를 들고 산방을 찾았다.

전시개요를 보고 작가명단과 작품배치도에서 대번에 기획의 주밀
함을 알았다. 무릇 15서가를 호태왕비 김생 이암 이황 윤순의 다섯
명적에 분류해서 각각 재해석작품을 만들게하여 다음달 24일부터 두
달 여간 종로구 신문로 1가에 있는 선화화랑에서 전시하는 것이다.
나는 박대성화백 변요인선생 안재성군과 김생 「태자사랑공대사백월
서운탑비」에 소속되었다.

듣자하니 이미 3년 계획을 세웠고 명적을 확충하여 매년 15명을 선발하여 이어나간다고 한다. 이번 첫 번째 해에 선발되어 영광무진이다. 시 한 수 지어 260㎝×180㎝ 크기의 종이에 휘호하여 벽을 채울 것이다.

갑오년 9월 26일

名蹟風度在	명적은 풍도가 있으니
氣脈當了知	기맥을 알고
又通文字意	문자 속을 통해야
面目可以窺	면목을 엿보리
今次吾所囑	내 부탁 받은 바는
書聖白月碑	김생백월비
群中見選幸	무리에서 뽑혔으니
糊塗莫可爲	어찌 적당히 할까
十分臨摹後	튼실히 임모 후
胷中丘壑時	흉중성죽 되었을 때
立賦詩一首	그 자리에서 시 한 수 지어
破天舞揮之	봉황 날 듯 써버리리

題書譜講讀畢後 서보강독을 마침에 제하다

自二月八日 講讀書譜 於善墨會今日罷之 凡有八個月
書譜之論 難解頗甚 不熟書法 則能漢文 無易了解焉 夫或有誤
處 而俟將來而己矣

甲午 九月 二十七日

2월 8일부터 선묵회에서 서보를 강독하여 오늘 마쳤다. 범 여덟
달 동안이다.
　서보 서론은 자못 난해하다. 서법에 익숙치 않으면 한문에 능해도
알기가 쉽지 않다. 혹 잘못된 곳이 있다면 장래를 기다릴 뿐이다.

갑오년 9월 27일

騈儷文章敎發憤	변려문장은 분발케 하고
臨池盡墨助千臨	지수지묵은 천 번 임서 부추기네
闡明四體殊工用	네 체의 서로 다른 효험을 천명하고
總結創新累旨針	창신의 여럿지침을 총결했네
但使一家爲範式	다만 집안에게 법 삼게 했으며
終無秘說俟知音	끝내 숨김없이 지음을 기다렸다네
論書淵博而明快	서론 깊이 있고 명쾌해도
佶屈聱牙難可尋	어렵고 까다로워 캐묻기 어렵다네

骈俪文章义亥愦临池也寿毫助千

临阁明四冲班玉围绝传创新界

旨讨但使一家为范式诲世

秘说俟知音论心倾情以咏快

传庭教了乎难可寻

甲午丙申九月二十七日为九辑以书之 尔迂

金生集字白月栖雲塔碑

김생집자 백월서운탑비

自今月二十四日 兩月餘間 有韓國書藝名蹟法帖發刊紀念展 爲
之治五言古詩一首 而爲其作品素材 題曰金生集字白月栖雲塔碑

嚮者 是菴吾師裵吉基先生 評此碑之書於一論文 曰 筆力健勁
而結字夸張 揮運無理 陋氣頗甚 又曰 人多極以譽之 蓋有海東書
聖之成見而生云爾

愚按 此先生之苛評 因先生素好平正典雅之王風 特以闡明私見
而已 今次細以看之 而臨其書 字字樸淳 大小參差 內含憨厚 筆
筆勁澁 粗細合度 外無彫飾 小異王風之姿 可言夫顯露我國土俗
氣味之壞寶也

甲午 十月 一日

이달 24일 부터 두 달 여간 한국명적법첩발간기념전이 있다. 이를
위해 오언고시 한 수를 지어 작품소재로 삼았는데 제목은 「김생집자
백월서운탑비」이다.

전날 우리 시암선생님은 이 비의 글씨를 한 논문에서 평하시길 "필
력은 굳세나 결자가 과장되고 운필에 무리가 있으며 누기가 매우 많
다"하셨고 또 "사람들이 이를 극찬하는 것은 아마도 해동의 서성이라
는 선입견에서 나왔을 것"이라고도 하셨다.

내 보기에 선생님의 이 평은 선생님이 본시 평정하고 전아한 왕희
지 풍을 좋아하셨기 단지 사견을 천명했을 뿐이리라. 이번에 세밀히
보고 형임을 해 보았는데 글자마다 소박하고 두텁고 크고 작은 참치
에다 어수룩함을 머금고 있으며 필획마다 굵고 가늚이 어우러져 밖

으로 꾸밈이 없다. 이는 왕희지의 서풍의 자태와는 다소 다르다. 가히 무릇 우리나라의 토속미를 드러낸 보배라고 이를 만하다.

갑오년 시월 1일

海東書聖在	해동의 서성은
崛起寒微中	한미한 집안 출신
一生迷晉韻	일생 진운에 빠져
逼眞自會通	핍진 회통 했다네
精妙縱橫盡	정묘하면서도 자유자재
羲之莫比功	왕희지도 울고 가네
曾示宋顯貴	송 관리에게 보일제
羅迹不信終	신라글씨로 안 믿었다네
字字頑厚樸	글자마다 소박 어수룩
土俗滋味豐	토속미 가득
筆勢勁且澁	필세는 굳고 까끌
銹露鐵心同	녹슨 쇠 철심 같아라
端目集白月	단목스님의 집자
可媲懷仁工	회인스님과 비견하고
獨具唯得見	독구면목 예있으니
傳寶永無窮	보물로 전하길 영원하리

支持所勇斷初等漢字教育

초등한자교육 용단을 지지함

夫據今日字東亞日報所載一廣告　教育部結定自二0一八年度所施行漢字教育凡四五百字於初等校　此則朴政府所勇斷永垂靑史之教育政策云

此乃社團法人全國漢字教育推進聯合會陳泰夏理事長　欲以格其因國文專用政策所起引國語之非　爲之屢年所盡力之果

此快擧　非但將得提高國語水平而已　而且可期人性敎育　書藝界亦可以轉換今日所處其險石當路之形局　何不敲掌也

甲午 十月 三日

오늘자 동아일보 한 광고에 의하면 교육부가 초등학교에 2018년부터 한자교육 사오백 자를 시행하는 바를 결정하였는데 이는 박정부가 용단한바 청사에 남을 교육정책이라고 하였다.

이는 사단법인 전국한자교육추진연합회 진태하 이사장이 한글전용정책으로 기인되는 국어의 잘못을 바로 잡으려고 이를 위해 여러 해 진력한 결과이다.

이 쾌거는 비단 국어수준을 제고할 뿐 아니라 인성교육도 기대할 수 있고 서예계 역시 지금 처해있는 꽉 막힌 형국을 전환할 수 있을 것이다. 어찌 박수치지 않으랴!

갑오년 시월 3일

1)

教漢字於初等　초등의 한자교육
可免失時之歎　만시지탄을 면하려나
成事將以奠定　성사하여 터 잡으면
國語一轉得看　국어의 전환도 보련만
能對人文詞匯　인문의 어휘를 접하리니
人性改換何難　인성의 개환인들 어려우리
何止如此云爾　어찌 이에 그치랴
落拓書家爲歡　실의의 서가에게도 기쁨
三旬翰墨敝屣　삼십년 서예의 버려짐
國文專用造端　한글전용이 원흉이었으니

2)

五旬先父之過　오십년 전 아버지의 잘못을
令愛方治蹣跚　그 딸이 바로 하려 하는가
有一法人篤志　한 법인체 독지가가
久不顧身切干　진력하여 간절히 구했도다
二心專用論者　두 마음의 한글전용론자여
千萬勿使擾讙　제발 방해하지 마시오
且將格非一轉　잘못 바로하고 전환하면
音意雙翼爲完　소리에 뜻 어우르는 완전한 국어요
以此擧民擴散　이로써 천지에 확산되면
可期心廣體胖　국민마다 덕 있고 윤택하리니

小天地之游莫娛否

소천지에 놂도 즐길 수 없구나

下月初 誠山金炫廷女士開幕文人畵展於水原 爲之囑1.2㎠名號
兩顆印 乃不得拒之 求印材於全州翰林堂 纔布字而試之 於是 眼
花手蒙 印面狹窄 白文動接 朱文輒泯 磨面屢次 僅以成之 昔日
耽溺 不知紅日生東 是日游小天地之娛 亦不尋耶 噫

甲午 十月 六日

다음달 초 성산 김현정여사가 수원에서 문인화전을 연다. 이를 위
해 1.2㎠의 이름과 호 두 과의 인장을 부탁해 이에 거절치 못하고
전주 한림당에서 인재를 구해 겨우 포자해서 새겨보았다.

그런데 눈은 흐리고 손은 굳고 인면은 좁디좁아 백문은 들러붙고
주문은 사라져 몇 번 다시 갈다가 겨우 이뤄냈다.

그 옛날 탐닉하여 해가 동산에 뜨는지도 몰랐는데 오늘 소천지의
즐거움에 노는 것도 구할 수 없는 것일까? 안타깝다!

갑오년 시월 6일

字畫非相接　획이 맞닿지 않으면
動輒滅瞬間　번번히 사라지오만
知人無顧囑　지인이 떠맡기니
無奈作厚顔　후안무치 될 밖에
老眼失明瞭　노안은 흐려진데다
手闌加重頑　굳은 손이 무딤을 더하누나
三旬昵刀味　삼십년 가까이한 칼 맛
帶鏡莫可攀　안경 쓰고도 더 오를 수 없다니
艱辛得印面　간신히 얻은 인면
印稿異何關　인고와 다른들 어떠리
然而鏤邊款　그래도 이름 석 자 측관하니
笑納不謗訕　나무라진 마시오

開講唐詩三百首　당시삼백수를 개강하다

曩者 孫過庭書譜講讀畢於善墨會 再自今日 以台灣三民書局所
刊唐詩三百首爲教材而續開焉
　夫臨台灣留學 宋貞如先生爲教材而教之以來 愛以讀之而悉其
大體 苟憑此以往 細看其邱燮友先生所譯註之周 則無論會員刮目
於我應有莫及功夫之機矣

甲午 十月 十一日

　접때 손과정『서보』강독을 선묵회에서 마치고 다시 오늘부터 대만
세계서국간행『당시삼백수』를 교재로 속개한다.
　저 대만유학에 임하여 송정여선생이 교재로 삼아 가르친 이래 아
껴 읽어 그 대강은 안다.
　만약 이를 계기로 구섭우선생이 역주한 주밀함을 세밀히 본다면
회원은 물론 나에게 막급의 공부가 될 것이다.

갑오년 시월 11일

1)

唐詩三百首	당시삼백수
愛誦已三旬	애송한지 삼십년
憑會看周密	기회에 면밀히 보면
應吁識字貧	나의 부족 한탄하겠지

2)

無時臨賞析	때 없이 감상 분석을 접하고
日揆衆騷人	날로 뭇 시인 헤아리며
精讀爲翻覆	정독을 번복하면
須迎眼界新	안목의 일신도 맞겠지

寫金生書風大作 김생서풍 대작을 쓰고

前者 按白月栖雲塔碑之書風 治五言古詩八十字而後 連五日間
屢次試墨而不成 此乃山房狹小 其8×6尺長紙 難以治理 又不熟
金生書風 難得顯露其字勢故也

昨日 會有白月碑文化財指定調査 與興善法師鄭濟奎委員李鍾
淑學藝士 會同於國立中央博物館 而親撫碑字 豈非雙緣之福 於
是 內心以爲由此而受眞氣 還而一掃 則必以成之 忽歸山房 一揮
而擲筆 心似放擔而何足十分恰好哉

嗚呼 夫作品也者 必有默契所成之時 初謂人力 中則偶然 後乃
一期一會 終爲自然妙有 此自然妙有則我素所謂天賜地贈也否 不
然 則塗墨而已矣

甲午 十月 十三日

　전날 백월서운탑비에 준해 오언고시 80자를 지은 이래 연 닷새간
여러 차례 썼는데도 이루지 못하였다. 이는 산방이 좁아 8×6척의
종이를 다루기 어렵고 또 김생서풍에 익숙치 않아 필세를 드러낼 수
없었기 때문이었다.

　어제 아침 백월비 문화재지정조사가 있어 흥선법사 정제규위원 이
종숙학예사와 국립중앙박물관에 회동하여 비의 글씨를 어루만졌다.
어찌 두 인연이 아니겠는가! 이때에 내심 이로부터 진기를 받아 돌아
가 한 번 쓸어버리듯 쓰면 이루리라 여겨 바삐 산방으로 돌아가 일필
휘지하여 마쳤기에 마음이야 무거운 짐을 내려놓은 것처럼 가볍지만
어찌 백점일 수야 있었겠는가!

　아! 작품이란 것은 반드시 이루어지는 시점이 있다. 처음에는 인력
으로 하고 다음은 우연으로 되고 후에는 딱 한 번에 얻고 끝내는 자

연묘유가 되는 것이다.

　이 자연묘유는 내 평소 이르는 "하늘이 내려주고 땅이 떠받쳐주어야 한다"는 그것이 아닐까! 그렇지 못하면 먹 바름일 뿐이다.

갑오년 시월 13일

1)

我素王顔籠罩	왕안 행서에 휩싸여
不審金生書風	김생서풍 살피지 않았네
師言陋氣頗甚	스승님은 누기가 심한데
先見由是而崇	선입견으로 존숭한다하셨지
雖底王聖氣息	왕희지 기식이 저변이지만
起收河南熔融	수필기필에 저수량 녹아있고
參差大小粗細	어긋한 굵고 가늘고 크고 작음
獨具表像海東	해동의 표상이로세

2)

親撫碑字揮試	비를 어루만지고 써 보아도
蘊藏丘壑莫窮	구학을 궁리 할 수 없고
不仿縱橫筆妙	자유자재의 필묘도 닮을 수 없고
無擬八十積功	팔십년 적공 본뜰 수 없네
時限令人催促	시한은 재촉하고
非金非宣而終	김생풍도 내 풍도 아닌 채로
今亦偶然徼幸	아직도 우연을 바라니
游得妙有其中	묘유에서 노는 날 있을까

送李純博先生　리춘보선생을 보내고

本月之初　從柏民博士忽來電　問曰　十九日晩　與我知人兩位同席可乎　曰諾

至於今夕　帶靑河博士　之靑潭洞所在多談韓定食食堂　晤面兩人　中國中央電視臺獻曲及音樂頻道節目部主任兼中國書法家協會理事　李純博先生若韓中文化中心事務課長全芙慶女士是也

於是　李先生旣以摩河二字屬文曰　磨崖墨妙河洛龍驤　而以書此其墨寶子之　趁此三人書家相談韓中書法界近况　又相約將來互相照應戮力焉

罷後　靑河先離　其李全兩位河梁携手　亦足爲樂趣一夕也

甲午 十月 十九日

이번 달 초 백민박사로 부터 갑자기 전화가 와서 묻기를 19일 저녁에 내 지인 두 사람과 동석할 수 있냐고 하기에 그렇다고 하였다.

오늘 저녁 청하박사를 대동하고 청담동에 있는 다담이라는 한정식 식당에 가서 두 사람을 만났다. 국영 중국 중앙텔레비젼 방송국의 희곡 및 음악 채널프로그램 주임 겸 중국 서법가 이사인 리춘보선생과 한중문화 중심 사무과장 전부경여사가 그들이다.

이때에 이 선생이 이미 마하 두자로 글을 지어 "마애서 같은 묵묘와 하락의 용 같은 위풍"이라고 하고 이를 써서는 그 작품을 내게 주었다. 이를 틈타 세 서예가는 한중서법계의 근황을 논하였고 장래에 서로 협력하자고 약속하였다.

끝나고 청하는 먼저 떠나고 두 분이 평창동 집까지 바래다 주었다. 즐거운 저녁이기에 넉넉하였다.

갑오년 시월 19일

書得自家風　글씨는 자가풍
文章音韻通　문장 음율에 통달한 사람
相逢如舊似　일면여구가 이런 것이리
緣起奧無窮　인연이란 오묘도 하다

眷屬難逢一席　식구 한자리에 모이기 어려워

我常往來益京　週末在家　每日就寢亥時之初　起床丑時之末　家
妻寫畵已久　一日之事　於我晝夜相反　比來　時助昊延所營咖啡業
時時午夜歸矣

昊延靑春　日日與朋混熟　歸時未定　最近十餘日　漫遊西班牙　見
面亦難　尙佑在軍門　不問可知　而今日得鐵柵十月服務襃賞休暇
乃値四人同席之好機　四人會于驛村洞所在鱔魚家

今日家眷相會之難　何啻爲吾家之事也

甲午 十月 二十五日

난 늘 익산을 오가고 주말에 집에 있어도 매일 9시전에 자고 3시
전에 일어난다. 처는 그림을 오래 그렸는데 하루의 생활이 나와는 반
대다. 요즈음 때로 호연이가 경영하는 커피점을 돕다가 때때로 야밤
에나 들어온다.

호연이는 청춘이라 매일 친구들과 어울려 귀가시간이 미정인데다
최근엔 십 여일 스페인에 가서 놀아 얼굴 보기도 어려웠다. 상우는
군대에 있으니 불문가지인데 오늘 철책선 10개월 근무 휴가를 얻어
넷이 동석의 호기를 만나 역촌동에 있는 장어집에 모였다.

오늘 식구들 서로 만나기 어려움이 어찌 우리집일 뿐이겠는가!

갑오년 시월 25일

無時侳傯空煩宂　때 없이 이리저리 바빠
家眷同筵難可謀　식구들 같이 하는 자리 어려워라
今日吾人如是況　오늘 우리 식구 이 같은 것
分明一樣萬家不　분명코 모든 집이 그렇지 않을까

參金九財團理事午餐

김구재단 이사 오찬에 참석하다

茲有金九財團金昊淵理事長所主宰理事午餐聚會 與愼鏞廈先生
外十餘理事諸位 同席於忠正路所在金九財團大廈廳堂
　於是 金理事長若愼先生言及今日我國安保中共盟美國之要美國
所對金九先生偏見國內或有所貶毀臨時政府及金九先生金信將軍
近況等 聽之 乃再三認識正統國家觀所堅持之重焉

　　　　　　　　　　　　　　　　　　甲午 十月 二十七日

　김구재단 김호연이사장이 주재하는 이사 오찬모임이 있어 신용하
선생 외 십여 이사들과 충정로에 있는 김구재단 빌딩로비에서 동석
하였다.
　이때 김이사장과 신선생이 오늘 우리 안보 중 미국동맹의 중요성
미국의 김구선생에 대한 편견 국내에 혹 임시정부와 김구선생을 폄
훼하는 바가 있다는 것 김신장군의 근황 등을 언급하였다. 듣고는 재
삼 정통국가관 견지의 중요성을 인식하였다.

　　　　　　　　　　　　　　　　　　　갑오년 시월 27일

近世史觀未定立　근세사관이 정립되지 않아선가
臨時政府認不承　임시정부도 인정 안하고
或向金九有貶毀　김구선생도 폄훼하니
誰言孰說可爲憑　누구 말을 전거 삼아야하나
如今處處滿腐敗　지금처처에 부패만연
政經文敎無規繩　정치 경제 문화 교육에 준승도 없고
人心狼辣情紙薄　인심만 사납고 정은 얇은 종이 짝
無用常識無矜矜　상식도 안통하고 자중도 없구나
民乎民乎咸提醒　백성들이여 함께 깨어
顧諟天命須服膺　천 명을 돌아보고 가슴에 담아
自主國防不凭美　자주도 국방도 미국 벗어나
早日先進列伍登　하루 빨리 선진대열에 오릅시다

午夜 한밤에

四年生卒業作品評審後 罷楷字班指導 亥時初頃 遑遑歸家 欲
以入睡 然 煩想漸繞 世事無情若科況之亂 令人不寐 醒目交睫之
難 輾轉伏枕 午夜已深
　於是 本無獨酌 無以消遣 與其躺臥 寧弄一首 起而搜枯腸 報
時鐘聲 卒然響亮

甲午 十月 二十八日

　사학년생 졸업작품 심사 후 해자반 지도를 마치고 9시 좀 넘어서
급히 귀가하여 잠을 청하였다.
　그런데 번상에 점점 매이더니 세사의 무정과 학과정황의 어지러움
이 눈을 말똥말똥하게 한다. 전전하는 사이 한밤이 깊었다.
　이때에 본시 혼자 술은 안 마시고 심심풀이 할 것도 없어 누워있느
니 차라리 시나 짓자 하고 일어나 뒤적이던 사이 알람소리가 갑자기
우렁차게 울린다.

갑오년 시월 28일

1)

月光微午夜 　달빛 의미한 한밤
窓外滅人聲 　창밖엔 사람소리 끊겼다
輾轉因何故 　어찌 이리 뒤척일까
應非玉步迎 　연인을 맞을 것도 아니언만

2)

蟲鳴垣下盡 　가을벌레 담 밑에 사라지고
村落幻燈明 　촌락에 환등만 밝다
午夜何煩想 　한밤에 무슨 번상
長憂亂世情 　어지러운 세상 탓하느라

3)

滿街衰葉滾 　온 길가 낙엽 구르고
聽迫雁行聲 　기러기 행렬소리 들려온다
醒目玆午夜 　말똥말똥의 이 한밤
無常書路荊 　무상한 가시밭 글씨 행로 생각한다

4)

午夜秒針轟 　한밤 초침소리 거세더니
輕輕和耳鳴 　어느새 가벼이 이명에 화답한다
與其無益想 　아무 소용없는 생각으론
寧使密親檠 　차라리 등잔이나 가까이 하자

懷故知音 지기를 그리며

今春因以早炎 百花一時爭發 丹楓零落亦然 已而無往不滾 可
謂早花早落 豈可誣也
十月尾日 天陰欲雨 會雨下三日云云 雨後則落葉滿地 初雪不
遠 可言今年好節 休矣
今夕特以欲飮一杯 冥府知音宛然在目故也 一史先生好學仔詳
逸峰大兄寡黙眞誠 南泉契友聰明機智 舍弟無不奇人之風明哲 弟
子雨亭愚直英敏 一一是我師 今不相面 其痛切 孰能知之

甲午 十月 三十一日

올봄 이른 더위로 인해 백화가 일시에 다투어 피었는데 단풍도 또
한 그래 가는 곳마다 벌써 뒹굴지 않음이 없다. 옛말에 일찍 핀 꽃은
일찍 진다고 하더니 어찌 거짓이라 하겠는가.

오늘이 시월의 마지막 날 흐려 비오려하더니 마침 3일간 비 온다
고 한다. 비 그치면 낙엽이 가득할 것이요 첫눈도 멀지 않을 터, 가
히 올해의 좋은 시절은 다 갔다고 하리라.

오늘 저녁 특히 술 한 잔 하고 싶은 것은 명부의 지음들이 눈에 선
해서이다.

일사선생의 호학과 자상 일봉대형의 과묵과 진성 남천 벗의 총명
과 기지 아우 무불의 기인다운 명철함 제자 우정의 우직과 영민이 하
나같이 내 스승이언만 이제 볼 수 없다. 이 통절을 누가 알리오!

갑오년 시월 31일

1)

槿域書家幾	근역에 서가 얼마리오만
銀鉤了者稀	글씨 아는 자 드물어라
緣何知已競	어째서 지기들 다투어
一一冥土歸	하나하나 명토로 돌아가시는가

2)

霜葉及時飛	서릿잎도 때가 되어야 날리는데
知音曷早歸	지음들 어찌 그리 일찍 가셨는고
不勝孤寂寞	외로움 적막함 이기지 못해
伴酒賦詩依	술 벗 삼고 시 짓기에 의지한다오

寫跋文 발문을 쓰다

今年卒業豫定者 洪韓輝張源彬等 共十五人 各以六顆刻千字東
史 一一捺印 請題跋於其餘白 而以國漢混書寫鳳雛所重之感 兼
附七絶一首
諸生費心兩月 方出大作 快以致賀其勞 然 此事亦三載而後 休
矣 噫

甲午十一月四日

금년 졸업예정자 홍한휘 장원빈 등 15사람이 각각 여섯과로써 천
자동사를 새겨가지고 일일이 날인하고는 여백에다 발문을 청하기에
국한문혼서로 봉추의 소중한 느낌을 쓰고 아울러 칠절 한 수를 덧붙
였다.
학생들 두 달간 마음 써서 드디어 대작을 내놓았기에 쾌히 노고를
치하한다. 그러나 이 일 역시 삼년 이후면 끝장이다. 한숨이 나온다.

갑오년 11월 4일

篆刻士人玩物事　전각은 선비가 즐기던 일
耽于心畫適情謳　심획을 즐기며 성정순응을 노래했다네
鈍刀令馭毛錐似　둔한 칼 마치 붓 다루듯 하면서
方寸中求天地游　방촌 가운데 천지에 놂을 구했다네

開物

一畫動而萬物之理俱

今動无繫似絲動而畫

一畫 道生而流鉄

寸我亦天地

樹悲

乙卯冬

健忘日甚 날로 심한 건망증

比來 用手機 胸車票 因以瞬間 益山發誤龍山 及時無心搭乘
至其定席 人旣著之 始知失錯 急如驛舍 出發不過三分 損四千餘
圓 換次列之票

大抵失手 本爲尋常 今也不知不覺之間 不想人名 或不寫熟字
措物不知 雨傘動輒失之 無時得咎於妻 出門頻頻旋歸 屢屢爲子
所笑

往日 是菴吾師 時時自責健忘 歲月不饒人云云 何爲虛言也

甲午十一月六日

요즘 핸드폰을 이용하여 차표를 사는데 순간에 익산발을 용산으로
잘못 알고 시간에 이르러 무심코 탑승했다. 정해진 자리에 이르러 사
람이 이미 앉아 있기에 비로소 잘못을 알고 급히 역사로 갔다. 출발
이 불과 삼분인데 사천여원을 손해보고 다음 열차표로 바꾸었다.

대개 실수란 애당초 보통의 일이지만 나도 모르는 사이에 인명이
생각나지 않고 혹 잘 아는 자도 쓰지 못하고 물건을 놓고는 알지 못
한다. 우산을 걸핏하면 잃어버려 때 없이 집에서 구사리요 문을 나갔
다가 번번이 다시 돌아와 누누이 애들한테 웃음거리가 된다.

지난날 시암선생님께서 시시로 건망을 자책하시더니 세월을 속일
수 없다는 말이 어찌 허언일까!

갑오년 11월 6일

1)

聰明俱日滅	귀 밝고 눈 밝더니
枉作健忘人	부질없는 건망증
動返開門出	문 열고 나갔다가 걸핏 돌아와
爲家所笑頻	자주 웃음거리가 된다네

2)

逢人名不想	사람 만나면 이름 생각 아니 나고
措物忘虛頻	물건 놓아둔 곳 잃어버리기 일쑤
少小聞師傅	어려서 스승님께 듣던 것
如今到此身	이제 이 몸에 이르렀다네

戒酒不果 술을 끊지 못함이여

上周土曜 與漲潮河丁兩士 會于仁寺洞 豚足家等轉轉 夜闌痛
飮 以至翌日正午 尙未盡醒 昨日復見可隱五友 爛醉而爲所不省
人事 其兩日 放精神 無得記之何以歸家
　夫所以辜負醫師之戒 痛感呵責 而終不果 意志薄弱 息緣又難
故也 其實 坐花醉月 瓊筵羽觴 盛筵難再 何得易捐 只有以減其
次數而己矣

甲午十一月十日

　지난주 토요 밀물 하정 두 양반과 인사동에 모여 족발집 등을 전전
하며 밤늦게 마셔서 다음날 정오에도 아직 다 깨지 않았었다. 어제는
가은회의 다섯 벗과 다시 만나 흠뻑 취해 인사불성이 되었다. 그 두
날 정신을 놓아 어떻게 집에 왔는지 기억나지 않는다.
　저 의사의 금주령을 저버리는 것에 가책을 통감하지만 끝내 과단
하지 못하는 것은 의지가 박약하고 또 인연을 끊을 수 없기 때문이
다. 실로 꽃밭에 앉아 달에 취한 좋은 자리에서 술잔 주고받는 것을
어찌 쉽게 포기하겠는가!
　단지 횟수를 줄임이 있을 뿐이다.

갑오년 11월 10일

喝酒四旬年　음주 마흔 해면
應爲至膩焉　물리기도 하련만
作心三日負　작심도 삼일이면 저버리고
盟誓一周捐　맹서도 일주일이면 팽개친다
仁寺知人媛　인사동 지인들이 마음 끌고
圓光弟子憐　원대제자들이 사랑스러우니
老來難已事　늙어져 그만 둘 수 없는 일
月下避觴筵　달 아래 술자리 피함이어라

瘦瘦節日 빼빼로데이

今日爲所謂瘦瘦節日也 聽道 時在一九九五年十一月十一日 正
當修能試驗前十一日 某處少數學生造成浪說 若夫茹瘦瘦棒菓子
則可得好分云 此乃後輩所予之於應試者之先例 玆後擴散於全國
尤其商略加勢 鼓煽變質 竟爲靑春男女所授受之風習 是也

昨日至夜闌 女生親造此物 書床處處 櫛比棒菓 是以 或無得准
時受業 不禁失笑 噫 世時風景可觀如此 責怪我老 那得譏之哉

甲午十一月十一日

오늘이 빼빼로데이다. 들자니 1995년 11월 11일이 마침 수능시험
전 열하루 전날이었는데 모처의 소수 학생들이 낭설을 조성하기를
만일 빼빼로 과자를 이날 먹으면 좋은 점수를 받는다고 했다고 한다.
이는 곧 후배가 응시자에게 준 선례인데 이후 전국에 확산되었고 더
욱이 상혼이 가세하면서 변질을 부추겨 마침내 청춘남녀가 주고받는
풍습이 되었다는 것이 그것이다.

어제 밤늦게까지 여학생들이 이것을 만들어 책상 곳곳에 빼빼로봉
과자가 즐비하고 이 때문에 혹은 수업시간을 맞추지 못하여 실소를
금치 못하였다. 아! 세시풍경의 가관이 이 같지만 늙은 나를 탓해야
지 어찌 저들을 나무라겠는가!

갑오년 11월 11일

前輩好分祈願物	선배의 좋은 점수 기원하던 빼빼로 과자
情人授受表相思	정인들 주고받으며 사모의 정 표하네
如今孰悉紅豆事	요즈음 누가 홍두의 고사 알까
責怪吾衰那得疵	늙은 나를 탓해야지 어찌 저들을 나무라리

尙在尸九 아직도 있는 아홉 시신

世越號沈沒凡二百有九日後 茲有失踪學生四敎師二一般人三等
共九人眷屬之要求 昨日 政府發表其搜索終了 夫其索之 斷無可
望 此爲不得已之措處 爲人所恍 將撈船體 可慰其魂魄乎
　其間 或能看社會一角之溫情 反而能對到處之失 又實感政府無
能 只願此事將爲我國改造之緒 小懲大戒之機而已

甲午十一月 十二日

　세월호가 침몰한지 이백 아흐레 만에 실종학생 넷, 교사 둘, 일반
인 셋 등 아홉 가족의 요구가 있어 어제 정부가 수색 종료를 발표하
였다. 그 수색이 전혀 가망이 없는 부득이의 조치이기에 사람들의 안
타까움이 되었다. 장차 선체가 건져지면 그 혼백이나마 위로될까.
　그동안 혹 사회일각의 온정도 보았지만 반대로 도처의 잘못도 대
하였고 또 정부무능을 실감하였다. 다만 이 일이 장차 우리나라 개조
의 서막이 되어 이번 일로 보다 더 큰 일을 경계하는 계기를 바랄 뿐
이다.

갑오년 11월 12일

忽然世越令驚愕　홀연 세월호 침몰에 경악했는데
尸骨而今九尙存　아직도 아홉 시신 그곳에 있네
眷屬怨情誰得量　식구들 원망의 마음 누구라 헤아리리
幸撈船體慰亡魂　선체가 건져지면 망혼이나마 위로 되려나

寄藤塚家門書懷

후시츠카 가문에 부쳐 생각을 쓰다

對于旣所還秋史簡札二十六通於日人藤塚明直 文化財指定調査
次 與朴澈庠金炳基兩委員 會于果川秋史博物館

於是 皆以同聲言之 曰 不可 其由則此簡札集 雖確實其所從來
所重無比 而愈於此之秋史善本到處散在 又若此集爲指定 則退溪
尤庵等等之其類似者 將以殺到 其外餘他者比之 亦不合衡平故也

罷後 三人尋隣近酒家 相問近況 泛論歷史書法問學人物等等
淸醉而歸

甲午十一月十七日

이미 일인 후시츠카로 부터 환수 받은 추사간찰 26통에 대하여 문
화재 지정조사차 박철상 김병기 두 분 위원과 과천 추사박물관에 모
였다.

이때에 모두 한 목소리로 불가라고 하였다. 그 이유는 간찰집이 비
록 소종래가 확실하여 소중함 비할 데 없지만 이보다 나은 추사의 선
본이 도처에 산재해 있고 또 이 간찰집이 지정되면 퇴계 우암 등등의
유사한 것들이 장차 쇄도할 것이며 그 외 여타인의 것들과 견주어도
또한 형평에 맞지 않기 때문이다.

파후에 셋은 인근 술집을 찾아 근황을 묻고 역사 서법 학문 인물
등등을 널리 논하다가 취하여 돌아왔다.

갑오년 11월 12일

1)

日人酷愛阮堂書　일본인 완당 글씨 아낌
藤塚家爲冠絕居　후시츠카 가문 가장 훌륭하다네
先考歲寒圖快返　선고는 세한도 흔쾌히 돌려주고
子捐簡札莫躊躇　아들은 간찰기부 주저 없었네

2)

比來尤甚與和疎　요즘 일본과 소원해짐 심한데
埋怨殘渣因不祛　원한의 찌꺼기가 남아서라네
日日嫌韓聲到耳　날마다 혐한의 소리 들려와도
亦存藤塚一家如　후시츠카 가문 같은 곳도 있다네

古墨丹山烏玉　고묵 단산오옥

新羅事蹟四角斷碑若高麗丹山烏玉古墨指定調查次　適淸州　與
朴文烈鄭濟奎兩委員韓尙黙墨匠李鐘淑學藝士　會同於淸州博物館
　寺蹟四角斷碑　乃七世紀所刻之物　曾以洗衣前面　又以屠砧用於
碑陰　或以搗穀　四面銘字摩滅至甚　前者　任昌淳李丙燾黃壽永等
已解讀殘字　而見證羅跡　今看其書體　自北魏書風以至於歐褚等之
楷法　雜出其間　可謂其斷代的然
　丹山烏玉　出於淸州市明岩洞所在高麗墳墓　縱11.2cm　橫4cm　厚
0.9cm之松烟墨　上下分爲兩段　其瘦勁之歐風書體　非羅非鮮　麗者
無疑　意其兩件俱應爲指定矣

甲午十一月二十日

신라사적사각단비와 고려단산오옥고묵 지정조사차 청주에 가서 박
문렬 정제규 두 위원 한상묵묵장 이종숙학예사와 청주박물관에 회동
하였다.
　신라사적사각단비는 7세기에 새겨진 물건인데 일찍기 전면에 빨래
를 하였고 또 도살모탕으로 비음을 사용했으며 혹 곡식을 빻기도 하
여 네 면의 글자들이 마멸이 심하다. 전날 임창순 이병도 황수영선생
등이 이미 글자를 해독하여 신라의 자취임이 증명되었다. 이제 그 서
체를 보니 북위서풍으로부터 구양순 저수량의 해법이 그 사이에서
섞여있어 그 단대가 확실하다고 이를 만하다.
　단산오옥은 청주시 명암동 소재 고려분묘에서 나왔는데 길이 12.2
cm 너비4cm 두께 0.9cm 크기의 송연묵이다. 위 아래로 두 동강이 나
있는데 그 수경한 구양순풍의 서체가 신라도 조선도 아닌 고려 것에
의심이 없다. 생각건대 두 건 모두 응당 지정될 것이다.

갑오년 11월 20일

丹山烏玉蒼然物　고색창연한 단양의 먹
千載如今形氣全　천년이어도 형태기운 온전하다
蕩漾紋中祥瑞見　출렁이는 파문속에 상서 드러나고
邊緣界裏鑄文鮮　가장자리 계선안에 새긴 글자 선명하다
歐風字勢羅時異　구양순풍 글씨 신라와 다르고
墳墓模型鮮代先　무덤의 모형도 조선보다 먼저
可量文房玩物久　가히 문방의 완물 오래됨과
松烟耐久墨光玄　송연묵의 오묘한 묵광 내구성을 알겠구나

拍賣書藝作品價有感

경매 서예작품가격 유감

　大韓民國歷史博物館李容碩學藝研究官之請　爲書藝博物館拍賣
書藝作品鑑定　與西江大崔起榮敎授　同行藝術殿堂而觀評
　歷博欲買李承晚金九安昌浩韓龍雲盧泰愚等五位作品　其欲買之
者　或非拙品　則爲不信　嗟嘆而歸
　於是　趁以竊窺其拍賣價　庸堂盧泰愚爲國愛民半切懸額五百　白
凡山嶽氣象半切簇子二千　卍海七言詩半切五千　吸引視綫　蓋爲書
藝博物館房屋改修而行　是以　使其價錢增高也　然而　與近日書家
一中如初比之　爲數十倍　反而比之中國　只爲不過百一矣

甲午十一月 二十日

　대한민국역사박물관 이용석학예관이 요청하여 서예박물관 경매서
예작품 감정을 위해서 서강대 최기영교수와 예술의전당에 동행하여
관람하였다.
　역사박물관은 이승만 김구 안창호 한용운 노태우등 다섯 분의 작
품을 사고자했는데 사고자 한 작품들이 혹 태작이 아니면 혹 믿지 못
할 바 여서 한탄하면서 돌아왔다.
　이때에 틈타 경매가격을 살펴보았는데 용당 노태우의 〈위국애민〉
반절현판이 오백만원 백범의 〈산악기상〉 반절족자가 이천 만해의
〈칠절시〉 반절 오천이 시선을 끌었다. 아마도 서예박물관 사옥을 개
수하기 위하여 시행해 한 일이라 이 때문에 가격을 높여 놓았으리라.
　그러나 근일의 일중 여초와 비교하면 수십 배이지만 반대로 중국
에는 다만 백분의 일에 불과하다.

갑오년 11월 21일

改修書博時宜事　서예박물관 개수 시의 적절
拍賣施行設想佳　경매시행 설상 훌륭하다
贋作間間空補壁　가짜가 간간히 걸려 있어
眼光處處自歎瑕　안목은 여기저기 하자를 한탄한다
白凡萬海三千漲　백범 만해는 수천만원 올려놓았고
海葦庸堂幾百夸　해위 용당도 기백만원 뽐낸다
提價窺時心裕足　올려놓은 가격 보며 마음 넉넉하다가
奄悲百一比中華　중국의 백분의 일에 문득 슬프다

賀平川墨緣展　평천묵연전을 축하하며

　平川李月善女士所主宰平川墨緣展　今月二十六日起　五日間見
開於寒碧園　今日午時　與瀾濤散人悠然堂女士一瞥焉
　硯汀會會長姜鎬萬氏外十九人　共五十一作品登臺　觀其全般　雖
尙未及　然而可觀　以其個個純粹而不潦草也　此乃從平川女士學書
姿勢而出　不足怪也　玆後用力一旬　可期晉升者多矣

甲午十一月　二十九日

　평천 이월선여사가 주재하는 평천묵연전이 이번 달 26일부터 닷
새간 한벽원에서 개최되어 오늘 오후 란도산인 유연당여사와 돌아보
았다.
　연정회 회장 강호만씨외 열아홉이 모두 쉰 한 작품을 선뵈었는데
전반을 관찰하니 비록 아직은 미흡하지만 그래도 볼만한 것은 개개
인이 순수하여 날리지 않았기 때문이다. 이는 평천여사의 학서 자세
로부터 나온 것이기에 이상할 것도 아니다. 이후 십년을 힘쓴다면 가
히 진척할 사람이 많을 것으로 기대한다.

갑오 11월 29일

1)

平川窮自虔 평천 궁구 경건하고
無垢率眞然 때 없고 솔직한 그대로다
任筆無爲體 붓을 맘대로 하여 체 이루지 않으니
何從世態愆 어찌 세태의 잘못 따르리

2)

重緣硯友研 거듭 인연 벗들의 연구
淳朴畫研先 순박한 획 연마 우선
潦草今澎湃 날림이 팽배한 지금
何非咸祝筵 어찌 함께 축하할 자리 아니리

3)

臨池難且遠 글씨란 어렵고도 아득한 것
未恰是當然 미흡은 당연
十載佳何望 십년인들 어찌 바라리
五旬不識斾 오십년에도 모르는 것을

4)

從今加用力 이제부터 힘 더하여
將沒又旬年 또 십년을 몰두한다면
可以過庭越 가히 뜰을 지남을 넘어
升堂險絕旋 당에 올라 험절에 선회하리

尋仙巖寺書懷　선암사를 찾은 느낌을 적다

　　前前日　觀覽平川墨緣展　中食後　憑以明日宋修英博士婚姻　與
瀾濤先生若悠然堂女士同行於順天　值京來女士　歡度麗水夜情　翌
日正午　參婚禮後　尋曹溪山仙巖寺　於是　在京道準法師以電話周
旋　覺眼法師迎之而遍看境內矣
　　夫其鄰近松廣寺曾以踏之　此寺初見　喜從天降　刻胸至深　歸而
賦七律一首焉

甲午十二月一日

　　전전날 평천묵연전을 관람하고 중식후 내일 송수영박사의 혼인을
핑계로 난도선생하고 유연당여사와 순천에 동행하여 경래여사를 만
나 여수의 야정을 즐겁게 보냈다. 담날 정오에 혼례에 참석후 조계산
선암사를 찾았다. 이때 서울에서 도준법사가 전화로 주선하여 각안
법사가 맞아 경내를 안내해 구석구석 두루 보았다.
　　일찌기 인근의 송광사는 와보았는데 이절은 처음 방문이라 뜻밖의
기쁨이었고 인상이 깊어 돌아와 칠언율시 한 수를 지었다.

갑오년 12월 1일

昇州名刹仙巖寺	승주의 명찰 선암사
扁額傳聞古海川	편액으로 듣자니 해천사였다고 한다
安穩金堂松籟拂	안온한 법당에 솔바람 스치고
堅牢虹橋廣長連	견고한 홍교에 장광설 이어진다
梅垂淸露慈悲淚	매화에 드리운 이슬은 자비의 눈물
柏落紅花喜捨氈	동백이 떨군 꽃은 희사의 융단
塵垢世情遙遠處	때 묻은 속세 멀고 먼 곳에
搖搖風磬響無邊	풍경소리만 그지없이 울린다

梅垂情露慈悲淚

柏落紅鮮善合

鮮善拾壹壟

選出書藝學會九代會長

서예학회9대회장 선출

　韓國書藝學會開催二千一四年度秋季學術大會于東方文化大學
院大學校大講堂　於是　韓少尹楊衛磊等共四人發表韓中書論所關
論文
　今天則郭魯鳳八代會長二年任期終了之日　總會時　我擔臨時議
長而主宰　突然告吹所推戴之例　意外況至投票之境　我乃沮之曰
夫其推戴爲傳統久矣　如施投票　則不免兩分　從以衆論　使副會長
金南馨李完雨金應鶴金光郁等四位商量而導出如何　是以四位相論
後　選年長者金南馨敎授　於此　我發表新任會長　兼闡明李完雨敎
授當爲次次期會長　人皆許之
　苟將金李兩敎授任期四年間　可得定立韓國書論及書藝史　則創
立本會不爲虛事　又其成熟庶幾乎

甲午十二月 六日

　한국서예학회가 동방문화대학원대학교에서 2014년도 추계학술대
회를 개최하였다. 이 때 한소윤 양위뢰등 넷이 한중서론에 관련 된
바 논문을 발표하였다.
　오늘은 곽노봉 8대회장의 임기가 끝나는 날이다.
　총회때 내가 임시회장을 맡아 주재했는데 돌연 추대하던 전례가
무산되고 의외로 정황이 투표의 지경에 이르렀다. 이에 내 이르기를
추대가 전통이 된지 오래인데 만약 투표를 하면 양분을 면할 수 없으
니 중론을 따라 부회장 김남형 이완우 김응학 김광욱 네 분으로 하여
금 의논하여 도출하는 것이 어떠냐고 하였다. 그래서 넷이 논의한 후
김남형교수를 뽑았다. 이에 나는 신임회장을 발표하고 겸하여 이완

우 교수가 응당 차차기의 회장이 된다고 천명하였는데 모두 허락하였다.

만약 김이 두 교수의 임기 네 해 간에 가히 한국서론과 서예사를 정립한다면 이 모임을 창립한 것이 헛되지 않을 것이요 성숙도 될 것이다.

갑오년 12월 6일

樹近二旬今學會	이십년 가까운 오늘의 학회
寄與多少斯界悛	서단의 개전에 기여함 얼마인가
一針面牆而惟寫	무지한대로 글씨만 쓰는 것에 일침이 되고
令人開眼書論研	안목을 넓히고 서론을 연구하게 했다네
任重首長八人繼	임무 막중한 수장들 여덟이 이어졌고
已登學進過三年	학진에 등재 된지도 수년
玆後得完吾書史	이후 우리 서예사를 완성한다면
學路藝途爲福田	학예 로정에 복전이 되어지리

忽想童謠 동요가 생각나

滿天白雪 霏霏飄飄 獨坐而遊目於益山行高速鐵車窓 過連山許
忽想童謠一曲 卽爲漢譯其詞

甲午十二月九日

온 하늘에 눈 휘날리는데 익산으로 향하는 고속철 차창에 홀로 앉
아 두루 바라보다가 연산쯤 지날 적에 홀연 동요가 생각나 즉시 가사
를 한문으로 옮겨보았다.

갑오년 12월 9일

霏霏碧落	펄펄 눈이 옵니다
乘風連連	바람타고 눈이 옵니다
天界仙女	하늘나라 선녀님들이
朶朶白綿	송이송이 하얀 솜을
洋洋洒洒	자꾸자꾸 뿌려줍니다
撒布無邊	자꾸자꾸 뿌려줍니다

霧に碧落乗て風蓮に

天界仙女朶に白綿洋に

西に撒布無辺

寶物砂宅智積碑 보물사택지적비

今年五月十六日 國家文化財指定調査次 撫砂宅智積碑於扶餘
博物館 曩者 提出調査檢討意見以來 至十月 寶物指定豫告焉
今日有第七次委員會議 因以期月間一無異議 方爲寶物 感慨無盡
時在壬午(2003)年 藝術殿堂開催我國書蹟再解釋展 是時 我見
當此碑 臨書於二七紙 又屬跋文 以其筆意寫于四八紙而展出 今
次 由我手而爲寶物 可謂重緣也已

甲午十二月十一日

올 5월 16일 국가문화재지정조사차 부여박물관에서 사택지적비를
어루만지고 전날 조사검토의견을 제출한 이래 시월에 이르러 보물지
정을 예고하였다.

오늘 제 7차 위원회의가 있었는데 한 달간 이의가 전혀 없었기에
바야흐로 보물이 되었다. 감개가 그지없다.

임오(2003)년 예술의 전당이 우리나라 글씨 자취 재해석전을 개최
하였다. 이 때 내가 이 비에 해당되어 7×2척의 종이에 임서하고 또
발문을 지어 그 필의로 8×4척의 종이에 써서 출품하였다.

이번엔 내 손을 거쳐 보물이 되었다. 가히 거듭된 인연이라 하겠다.

갑오년 12월 11일

百濟古石刻　　백제의 옛 석각
砂宅惟一遺　　사택지적비가 유일
文章則騈儷　　문장은 변려
書勢乃眞姿　　글씨는 해서
風格言濟末　　풍격은 백제 말엽을 말해주고
氣息南朝師　　기식은 남조를 법 삼고
隋唐餘韻露　　수당의 여운이 드러나
淵源立可知　　그 연원 곧 알 수 있네
若媲麗好太　　고구려 호태왕과 견주고
苟比赤城碑　　신라적성비와 비교한다면
雄樸彼爲勝　　웅장 박실은 저들이 나아도
典麗此無疑　　전려함은 이것이 의혹 없다네
誰也左側缺　　누구냐 왼쪽 없앤 자
銘半纔讀之　　반 밖에 못 읽게 하다니
千年久放置　　천년의 방치
險沒造次時　　한순간 없어질 뻔도 했네
問世見無價　　세상에 나와 무가임을 드러냄과
歷史書誌禧　　역사와 서지의 복됨을
間間半世紀　　반세기 동안 간간히
學術闡明宜　　학술 천명 마땅했도다
今遂爲寶物　　이제야 보물 되었으니
此猶晚歎爲　　오히려 만시지탄
保全應竭力　　보전에 힘 다해
傳寶譽永垂　　영원무궁 기리세나

成爲白凡金九紀念館運營委員
김구 백범기념관 운영위원이 되다

屢日前 奄爲白凡金九紀念館所薦於運營委員 今日巳時末頃 到
龍山區孝昌洞所在紀念館 夫以鄭良謨館長爲首 與文國珍副會長金
知權常任運營委員姜鎬相西江大敎授洪基澤公認會計士等諸位互致
寒暄 初占末席 聽今年事業決算報告若明年事業計劃 承認而歸
　曩者 己爲金九財團理事 又爲此館運營委員 是乃與金會長昊淵
先生重緣故也　誠以其蚊負之力　何以任其兩個重責　而誠意以對
何憂何懼也
　憑此 與各界名士結爲交分 應多問學之資 非淸福何哉

甲午十二月十二日

　며칠 전 문득 백범김구기념관의 운영위원에 추천되었다. 오늘 10
시 반경 용산구 효창동에 있는 김구기념관에 이르러 정양모관장을
위시하여 문국진부회장 김지권상임위원 강호상서강대교수 홍기택공
인회계사와 인사를 나누고 처음 참석하여 금년 사업결산보고와 내년
사업 계획를 듣고 승인하고 돌아왔다.
　전날 이미 김구재단 이사가 되고 또 이 기념관의 운영위원이 되었
는데 이는 김회장호연선생과 인연이 거듭된 까닭이다. 실로 힘에 부
치는 힘으로 어찌 그 두 중책을 맡으리오만 그러나 성의로써 대하면
큰 잘못은 없으리니 무얼 걱정하고 두려워 할 것이겠는가!
　이를 틈타 각계명사들과 교분을 맺었기에 응당 배울 거리가 많을
터 청복이 아니고 무엇이랴!

갑오년 12월 12일

一一專家營事處　　하나같이 전문가들 경영하는 곳에
無知筆客涉能乎　　무지한 서가가 끼어도 되는건지
今雖蚊負羞無盡　　지금 비록 이기지 못할 중책 부끄럽지만
誠意何須止匹夫　　정성이면 어찌 필부에 그치리

望童蒙執筆　어린이들 붓 잡기를 바라며

今日下午二時　今學期初等文化藝術敎育查點一環　韓國文化藝
術敎育振興院召開示範事業參與者懇談會

我以此事總括代表　與其硏究委員朴炳千敎授尹學相金衍希等三
位同席而窺邊熙貞運營者所進行課程三時間餘

此事業雖爲初等書藝敎育摸索之一環　其所企敎育方式　只以半
畵半塗爲事　興味誘發爲主　是以　忽略心畵　又看過字重　瑕疵太甚
現今風尙如此　然而童蒙把筆而言　愈於全無者　無得責怪

聽道　振興院平價今番成果　可得好分　明年稍以擴大　今次十五
個校所施行　得至兩倍　等其歸趨而已

甲午十二月十三日

오늘 오후 2시 이번학기 초등문화예술교육점검의 일환으로 한국문
화예술교육진흥원이 시범사업 참여자간담회를 개최하였다.

나는 이 사업의 총괄대표로서 연구위원인 박병천교수 윤학상 김연
희 등 세 분과 동석하여 세 시간여 엿보았다.

이 사업이 비록 초등서예교육모색의 일환이지만 그 꾀하는 교육방
식은 다만 반은 바르고 반은 그리는 것을 일삼고 흥미유발 위주로 한
다. 때문에 심획을 홀시하고 또 글자의 중요성도 간과하여 하자가 극
심하다. 현금의 풍상이 이 같지만 어린애들의 붓 잡기로 말하면 없는
것보다는 나아 나무랄 수도 없다.

듣자하니 진흥원이 이번의 성과를 평가해서 좋은 점수를 받으면
명년에 조금 더 확대하여 이번 15개교의 시행을 두 배로 늘린다고
한다. 그 귀추를 기다려 볼 뿐이다.

갑오년 12월 13일

1)

久無習字於初等　오래 초등에 습자 없더니
需要方知示範施　수요 이제 알아 시범학교 시행하네
雖處遊戲玩弄事　비록 글씨가 유희에 처할지라도
童蒙執筆慰安爲　어린이들 붓 잡음에 위안이 된다네

2)

老來到處尋書塾　늙어져 도처에 서숙 찾음은
不忘童時一讚詞　어릴 때 칭찬을 못 잊어서라네
後日今童何有異　훗날 이 애들 어찌 다를까
必將毛穎愛無疑　반드시 붓 사랑 의심 없으리

3)

少時我亦時聞讚　나도 어려서 칭찬받고선
不負渠言弄筆僖　그 말 저버리지 않으려 붓 즐겼다네
況且以斯專業擇　하물며 이 때문에 이 길 택했으니
早年立意畢生持　어려서 먹은 마음 평생 간다네

4)

書系殿堂亡失誤　서예과 대학에 없어진 것 잘못
國棄銀鉤亂國基　나라가 서예를 버려 국기도 흔들
無望將來空莫說　장래 희망 없다 말하지 말라
循還運在到來時　운은 순환하여 도래할 때 있으리니

記期末成績 기말성적

畢期末考査 成績記之 四年生十五 三年生十一 二年生十三 一年生十四 共五十三

嚮者 設科後一旬間 四十以充 其後又十年間 不至於不越二十之限 每用其所謂相對評價記之

夫按內規 其數至十 方施絕對評價 換言之 十人以下 其學點分四等級中 可以不記九十點未滿之三等級 然本科僅僅過于十人之限 令人痛切 其五分之一 不得不受下二等級以下 哀哉

甲午十二月十八日

기말고사를 마치고 성적을 매기는데 사학년은 15명 삼학년은 11명 이학년은 13명 일학년은 14명 모두 53명이다.

전날 설과 후 10년간은 40명이 충원되었고 그 후 10년간 스물이 넘지 않음에 이르지는 않아 매양 그 소위 상대평가를 하였다.

내규에 의하면 10명이 되어야 절대평가를 할 수 있다. 다시 말하면 열 사람 이하면 학점 네 등급 중에 90점 미만의 세 등급을 안주어도 된다. 그런데 우리 학과는 모두 열 명이 조금 넘어 통절한 데다가 그 오분의 일은 아래 두 등급 이하를 받아야하기에 애처롭다.

갑오년 12월 18일

充員僅十餘　　충원이 겨우 여나무짓
系廢孰躊躇　　폐과를 누군들 주저했으리
室曠棋盤似　　넓은 교실 바둑판이라면
生希花點如　　드문 학생은 그 화점이라네
用功無斷斷　　열심도 한결같을 수 없고
熱講不薑薑　　열강도 자득할 수 없다네
成績如何記　　성적을 어찌 매겨야 할지
茫然不復初　　처음으로 돌아가지 못함이 망연하고나

讀春宮曲賞析 춘궁곡의 감상분석을 읽다가

爲之善墨會土曜講詩　讀王昌齡所爲春宮曲七絕　見註譯者邱燮
友先生之賞析中所引用明人唐仲言解詞　其中　詩之妙在空靈　神傳
象外　不落言筌等句　令人提醒　於此三言之界　毫無及之　其生硬何
日免之哉

甲午十二月二十日

　선묵회 토요 시강의를 위해 왕창령의 춘궁곡칠언절구를 읽다가 역
주자 구섭우선생의 감상분석중에 인용된 당중언이 풀은 말을 보았
다. 그가운데 시의 묘가 생동하여 진부하지 않은데 있고 신운을 형상
밖에 전하며 언사에 아무 흔적도 남기지 않았다는 등의 구절이 나를
일깨운다. 이 세 마디의 가르침에 조금도 미치지 못하니 그 생경함을
언제나 면할까!

갑오년 12월 20일

言筌常自落　언사의 여흔에 절로 떨어지고
句句不空靈　구구마다 생동 없는 진부
何望神傳奧　어찌 신운을 전하는 오묘함을 바라리
支離排字營　지리지리 글자안배나 경영하고 있으니

元荃考自匠句之心虚

空虚

汗冲神传奥玄能挑心艺
丙明夏江

（印）

除夕 제석 에

　大抵今年歲在甲午　可謂多災多難之秋也　夫其世越號慘事使擧
民公憤外　統進黨解散　大韓航空所謂花生回航　二十八師兵營暴行
死亡　慶州體育館崩壞　長城療養院火災等等　恍若腦裏　雪上加霜
敝科見廢　令人悽悵
　何啻如此　一國領首　天之耳在於人之耳　天之目在於人之目　而
民言不聽　民視不見　萬機親覽　疎通不在　千夫所指　終不改革　支
離逡巡　爲人所詬　噫　國運不祥乎　百姓薄福乎　朴政府尙有三年
終不入先進　又不入三萬佛臺乎
　明年乙未必有歡實　祈願天地神明而已

甲午十二月三十一日

　대저 올 갑오년은 가히 다사다난한 해라 하리라. 무릇 세월호참사
가 온 백성을 공분케 한 것 외에 통진당해산 대한항공땅콩회항 28사
단병영폭행사망사고 경주체육관붕괴 장성요양원화재 등등이 뇌리에
떠오른다. 설상가상 우리 과가 폐과되어 나를 슬프게 하였다.
　어찌 이 뿐이랴! 일국의 영수는 하늘의 귀는 국민의 귀에 있고 하
늘의 눈은 국민의 눈에 있음에도 국민의 말을 듣지 못하고 국민이 보
는 눈을 보지 못한 채 정치를 독선하고 소통부재하여 만인의 지탄을
받았으며, 끝내 개혁도 못하고 지리지리 머뭇머뭇하여 사람들이 꾸
짖었다. 아! 국운이 좋지 못해서일까? 박복한 국민 때문일까? 박정
부가 아직도 3년이 남았는데 끝내 선진국에 들지 못하고 3만불 대에
도 못 들어가는가!
　내년 을미에는 꼭 신남이 있기를 천지신명께 기원할 뿐이다.

갑오년 12월 31일

多難之秋水流似	난리치던 이 해도 유수같이
如箭如駟除夕來	살처럼 사마처럼 제석이어라
値以進甲夢希望	진갑에 희망을 꿈꿨더니
灰心彌滿拊胷懷	낙심 가득하여 가슴만 친다
牧丹春柏好時節	모란 춘백 호시절에
靑春沈海擧民哀	청춘들 침몰해 온 백성 슬퍼했고
廻航逞强因拘束	회항 갑질로 구속되고
從北政黨野心摧	종북 정당 야심 꺾였다
政府支離逡巡繼	정부는 지지부진
萬機親覽是何變	만기친람 이 무슨 변고런고
先進無望無論事	선진국 가망 없음은 물론
不入渠三萬弗臺	3만불대도 못 들어 가는구나
雪上加霜吾敎分	설상가상 내 교직생활에
遭遇科廢失所偎	폐과 만나 친압꺼리 잃었고
不禁惋惜生分散	학생들 분산에 안타까와
惘然日爲鬢毛衰	실의에 날로 머리칼 세어간다
往日老人歎息怪	지난날 노인들 탄식이 이상터니
而今我老亦然歎	지금 내 늙어 똑 같이 탄식한다
騷客一詞良有以	소객이란 말 이유 있구나
望日對月莫空杯	빈 잔으로 해와 달 대할 수 없으니

嘆駟過隙 빠른 세월을 한탄하다가

夫進甲已過 而迎乙未新年 忽憶故家弟屬羊回甲年柱樑 回想相
去二旬 切感駟馬過隙

俗言曰 時年六十 則如時速六十公里然 何不嘆哉 然 時有讀書
若臨池之三昧 終何至於三月不知肉味 而每驗其莫知時間何暇過
之矣 比之於此 猶歲月不遲乎 何苦傷嘆爲事也

凌晨起寢 飜譯第八次詩稿 應答所受手機文字 又問安否於知人
而送之之餘 爲一首 聊以自遣

乙未陽元旦

진갑도 지나 을미년 새해를 맞으려니 문득 세상 떠난 동생 양띠 주
양이가 생각난다. 이십년을 떠올리며 세월의 빠름을 절감한다.

속언에 나이 60이면 시속 60㎞와 같다고 한다. 어찌 탄식하지 않
겠는가! 그러나 때로 독서와 글씨 삼매가 있으니 공자처럼 3개월 동
안 살코기 맛을 잊은 경지에까지야 어찌 이르랴만 매양 시간이 어느
새 지나갔는지 모름을 경험한다. 이에 비하면 오히려 세월이 더디지
않은가. 구태여 탄식을 일삼을 것 있을까.

꼭두새벽에 일어나 제8집 시고를 번역하면서 받은 핸드폰 문자에
답하고 또 지인들에게 안부를 물어 보내는 여가에 한 수 지어 마음을
달래본다.

을미년 양정월 원단

馹之過隙似　빠른 세월에
因習動出噫　습관처럼 한숨 나온다
何苦爲如是　구태여 그러하리
眞快存旣知　진정 빠른 것이 있음을 이미 알거늘
驗得於閱讀　책 볼 때 경험하고
臨池三昧時　글씨 삼매 시에도

今日之伍 오늘의 군문

尙佑自去年臘月二十六日 得一旬之暇 東奔西走 今日歸隊矣

這間接軍門消息於報 如其防産非理 銃器人命事故 毆打殺傷
將軍飮酒醜態 領官性醜行等等 綿綿不絶 令人深痛

尤爲可觀 將使同年入隊者無有高下之位云是也 此乃迎合士兵
胃口 但使無故而滿期云爾 然則使無秩序 日益助長懦弱兵士 將
若或有實戰之時 對敵可乎

漫長之間 軍靠美國 無力之態 日漸蔓延 因之 竟爲紙虎也乎

望天想起北軍日軍猛熱 爲詩一首 遣懷而已

乙未陽正月六日

상우가 작년 12월 26일 부터 열흘휴가를 얻어 동분서주하다 오늘
귀대하였다.

저간에 군문의 소식을 신문에서 접하면 방산 비리 총기인명사고
구타살상 장군음주추태 영관장교성추행 같은 것들이 끊이지를 않아
사람을 아프게 한다.

더욱 가관은 장차 동년입대자로 하여금 고참 하참이 없게 한다고
하는 것이 그것이다. 이는 곧 사병들의 비위에 영합하여 다만 사고
없이 기간만 채우게 하겠다는 것이다. 그렇다면 절서는 없게 하고 날
로 더욱 유약한 병사를 조장하리니 장차 만약 혹 실전이 있을 때 대
적할 수 있을까?

오랫동안 군이 미국에 기대 무력한 모습 날로 만연하여 이로 인하
여 마침내 종이호랑이가 된 것인가!

하늘 바라보며 북한과 일본군의 맹렬함을 상기하면서 한 수 지어
스스로를 달랠 뿐이다.

을미년 양정월 6일

防産不正爲公憤　방산비리는 공분사고
大將醜態令人悁　대장추태 근심케 하고
領官醜行呈頻數　영관 성추행 자주 있고서야
其下整齊在那邊　그 아래 제대로 일리야
汲汲于兵胃口合　사병들 비위 맞추려 급급하니
日無紀綱是誰愆　날로 없는 기강 누구의 잘못이냐
殺身成仁義士語　안중근 의사의 말
爲國獻身本分捐　위국헌신 군인본분 버려지고
漫長虛靠美軍力　오래도록 미군에 의지타 보니
無氣力似紙虎然　종이호랑이 같은 무기력
伏地不動蔓延處　복지부동 만연한 곳에
焉得自主期萬全　어찌 자주에 만전 기할까

難更宿習 오랜 습관 고치기 어려워

今年爲奇數之份 因之 當定期檢診之稔 上周金曜 受診於海汀
病院 今日醫員曰 逆流性食道炎外 大致好矣
　所謂其逆流性食道炎 因以其食道括約筋老化而弛緩 胃酸逆流
而發炎者也 此症已久 無得完治 自幼取食以快 素嗜食酸物 無時
飮酒 往往罷後卽寢故也 此症用藥 使減胃酸 機微好轉 而不治其
根 只改宿習 方得治之 戒酒最難 奈何奈何

乙未陽正月十二日

　올해는 홀수해라 때문에 정기검진 해에 해당한다. 지난주 금요일
날 해정병원에서 진찰 받았는데 오늘 의원이 역류성식도염 외 대체
적으로 좋다고 한다.
　소위 역류성식도염은 식도 괄약근이 노화되어 이완됨으로 인하여
위산이 역류하여 염증이 생기는 것이다. 이 증상이 이미 오래인데 완
치하지 못하는 것은 어려서부터 빨리 먹고 평소 신 음식을 즐기고 때
없이 술 마시고 왕왕 파후에 곧 잠자리에 들기 때문이다. 이 염증
은 약을 써서 위산을 줄이고 기미가 호전은 되지만 병근을 다스릴 수
는 없다. 다만 오랜 습관을 바꾸어야 고칠 수 있는데 술 끊기가 제일
어려우니 어찌하리!

을미년 양정월 12일

食道炎曾發　일찌기 식도염이 생겨
年年使自懂　해마다 시름케 한다
少時酸物嗜　어려서 신 것 좋아하고
長後酒杯傾　자라서는 술잔 기울이고
臨食茹常疾　먹기를 빨리 하고
罷筵寢卽行　파하고는 바로 자버린다
微捐諸惡習　모든 악습 버리지 못하다니
宿習苟難更　오랜 습관 실로 바꾸기 어렵구나

龜甲石 귀갑석

鄭金教藥師給蔚山朱田所出龜甲石一顆
　聽道　此卽海石　中新生代所形成堆積岩中土中石　除其表皮　而
露龜甲紋樣　或海水洗磨　亦有自然而成者　産地而言　如蔚山方魚
津若朱田　巨濟海岸　機張七岩里等　最爲著名云
　今所收此石　不言名品　師藏十年　落進手中　豈非悅乎

乙未陽正月十三日

　정금교약사가 울산 주전에서 나온 귀갑석 하나를 주었다.
　들자하니 이는 바닷돌로서 중생대 신생대에 형성된 퇴적암 중의
토중석인데 표피를 제거하면 귀갑문양이 나온다고 한다. 혹 해수가
닦고 갈아서 자연적으로 이루어진 것도 있다고 한다. 산지로 말하면
울산 방어진과 주전 거제해안 기장 칠암리 같은 데가 제일 저명하다
고 한다.
　오늘 받은 이 돌이 명품이라고는 할 수 없지만 약사가 10년 보관
하다가 내 수중에 떨어졌다. 어찌 기쁘지 않겠는가!

을미 양정월 13일

自古中生代　옛 중생대로부터
深藏積土中　흙 속에 숨겨져있다가
殼皮磨又洗　표피가 갈리고 씻기면
龜甲裂紋同　거북문양 같은 귀갑석

修書一封 편지 한 통을 쓰다

前年雨水之節 群影會四人赴台之時 與絕影舊友八位律師 遭遇
而淸緣結之

去年除夕 其中洪堯欽常照倫董浩雲三位來韓 翌日薄暮 會同於
瑞草區蠶院洞所在鎭東膾家 於是 洪氏親帶拍賣書畵集三册及書
誌一册而來 贈之於我

今日 其四册頁頁翻閱 不忘感戴 修書一封焉

乙未陽正月十六日

재작년 우수지절에 군영회원 넷이 대북에 갔을 때 절영의 옛 친구
인 여덟 변호사와 만나 청연을 맺었다.

지난해 마지막 날 그 중의 홍요흠 상조륜 동호운 셋이 한국에 와
다음날 저녁 서초구 잠원동에 있는 진동횟집에 회동하였다. 이 때에
홍씨가 몸소 경매서화집 세 권과 서지 한 권을 가지고와 나에게 주
었다.

오늘 그 네 책을 일일이 넘기다가 고마움을 잊을 수 없어 편지를
한 통 썼다.

을미년 양정월 16일

先人簡札今纔閱　선인의 간찰을 겨우 읽으니
何以修書易可成　편지쓰길 어찌 쉬이 하리오
格例美詞無得具　격식 미사여구 갖추지 못했어도
惟求率意露眞誠　솔직한 뜻과 마음만은 표했다네

不讀都督印文　도독인문을 읽지 못하다

一九六六年度所指定寶物第440號統營忠烈祠八賜品需要補修
又有人提議其中都督印之眞僞 是以 爲之其指定內容現地調査 與
金三代子辛勝云朴文烈金聖惠朴銀順安貴淑鄭濟奎等諸位委員 會
同於統營市立博物館
　所謂其八賜品則函匱令牌水軍旗鬼刀斬刀喇叭圖屛文獻都督印
等八目 都是明皇所賜之物 於是 我當印文 終不讀之 其印文非書
非圖 歷來無有判讀其文之人
　愚按 可信眞品 忠武公身後 明皇所施之下賜物以推論 蓋其印
文之奇 非譽其浴日補天之大勳而銘之 儻或弗瑕其幷勞靈魂之符
篆也夫

乙未陽正月二十二日

　1966년도에 지정된 보물 제440호 〈통영충렬사팔사품〉이 보수가
필요하고 또 모인이 그중의 〈도독인〉의 진위를 제의하여 때문에 지
정내용 현지조사를 위해서 김삼대자 신승운 박문렬 김성혜 박은순
안귀숙 정제규 등 제위위원들과 통영시립박물관에 회동하였다.

소위 팔사품이란 함궤 영패 수군기 귀도 참도 나팔 그림병풍 문헌 도독인 등 여덟 품목인데 모두 명나라 황제가 내린 물건이다. 이때 내가 인문을 맡았는데 끝내 읽지 못하였다. 인문이 글씨도 그림도 아닌데 역대 이래에 읽은 사람이 없다.

내보기에 진품임은 믿을 만 하며 충무공이 가신 후 명황이 시행한 하사물로 추론하건데 그 인문의 기이함은 장군의 큰 공을 기려서 새긴 것이 아닌 혹시 충혼을 달래기 위한 부적의 성질이 아닐지.

을미 양정월 22일

皇朝御賜章　명황제가 내린 도장
九疊似羊腸　구첩전이 양의 내장같다
判讀應無得　응당 읽을 수 없으리니
因爲符菉當　부적에 해당되기에

雲泉洞新羅事蹟碑 　운천동 신라사적비

茲爲下月所在今年度第一次文化財委員會　寫報告書三種　郎空
大師白月栖雲塔碑　淸州雲泉洞新羅事蹟碑　丹山烏玉銘墨是也　意
此三種　必得指定　白月碑乃唯一能見金生面目　事蹟碑卽可知所周
備碑型之最古者　丹山烏玉是能言所出土最早之墨故也
　　新羅事蹟碑而言　今存其半切部分　嘗用洗衣板屠板臼子於村落
至於一九八二年　方以問世　可謂寶物常存咫尺之間矣

乙未陽正月二十四日

　다음 달에 있을 금년도 제일차 문화재위원회를 위하여 보고서 셋
을 썼는데 〈낭공대사백월서운탑비〉〈청주운천동신라사적비〉〈단산
오옥명묵〉이 그것이다. 생각건대 이 셋은 반드시 지정될 것이다.
　백월비는 유일하게 김생 면목을 볼 수 있고 사적비는 비의 모형이
갖추어진 제일 오래된 것임을 알 수 있으며 단산오옥은 출토된 가장
이른 먹임을 말할 수 있기 때문이다.
　신라사적비로 말하면 지금 반절 부분만 남아 있는데 일찌기 빨래
판 도살판 절구로 촌가에서 쓰이다가 1982년도에 이르러 세상에 드
러났다. 가히 보물은 지척 간에 늘 존재한다고 이를 만하다.

을미년 양정월 24일

靑史悠悠寶物多　역사 길어 보물 많지만
視而不見險蹉跎　보아도 보지 못해 자칫 허사 되어져라
斷碑眞相村無識　단비의 진면목 알지 못해
虛臼空屠枉洗磨　절구 도살판으로 마모되었다니

國會徽章改換以國文

국회휘장을 국문으로 바꾸다

國會徽章以無窮花爲輪廓　寫或字於其內　人多以表其不雅不稱
久矣　比來　曾有國文專用論者若少數議員建議　國文國會二字以換
之　昨日　方換國會議事堂國會象徵徽章　此去年五月改正案所通過
於國會之一環也
　　嗟夫　議員牌子改換國文已久　地名社名校名等到處以國文若英
文記之　將其姓氏亦以英字國文用之乎

乙未陽正月二十七日

　　국회휘장이 무궁화로 윤곽을 삼고 그 안에 '혹'자를 써서 많은 사
람들이 고상하지 못하고 걸맞지 않다고 하여 찜찜함을 표한 지 오래
다. 근래 일찌기 국문 전용자와 소수 의원들의 건의가 있어 국문으로
쓴 국회 두자로 바꾸었다. 어제 바야흐로 국회의사당 국회상징휘장
을 바꾸었는데 이는 작년 오월 개정안이 국회에서 통과된 바의 일환
이다.
　　아! 국회의원 명패를 국문으로 바꾼지 이미 오래고 지명 회사명 학
교명 도로명 등 도처에 국문과 영문으로 기록한다. 장차 성씨도 영자
나 국문으로 쓸 것인가!

을미년 양정월 27일

到處無章胡亂極　도처에 어지러움의 극치는
國文專用是惟因　한글 전용이 유일한 원인
地名旣棄知來歷　지명을 이미 버렸으니 내력을 알 것이며
原籍誰知重六親　원적을 누가 알아 육친을 중히 할까
安對徽章嚴肅貌　어찌 휘장의 엄숙한 모습 대할 것이며
何觀牌子義音贇　어찌 명패의 뜻과 소리 빛남을 알리
如今枉作文盲國　오늘 문맹국을 만들어놓은 것을
識字人虛慮且呻　나만 걱정하고 신음하는 것인가

無勝負之慾   <small>없는 승부욕</small>

台灣遊學時 嘗接佚名氏之七絕一首 曰 書畵琴棋詩酒花 當年
件件不離他 如今七事都更變 柴米油鹽醬醋茶
今雖不脫後者七事 而難忘前者七事 琴彈之外 皆爲自命風雅之資
夫其七事之中 棋者獨有關勝負 始終無以戀戀嬴輸 是以 與菖
石霧林兩兄 賭棋三旬 因以無勝負之慾 動輒自敗好局 欲改積習
久矣 而終不易 心自慰之 曰 寧以自娛 不得貪勝 莞爾而已 莫是
此乃我之天性也夫

乙未 陽正月三十一日

대만 유학시에 일찌기 무명씨의 칠언절구를 접했는데 다음과 같다.
"글씨 그림 거문고 바둑 시 술 꽃, 총각 때는 마다마다 내 곁에 있
었더니 이제는 일곱 가지 일 다 변해지고 땔나무 쌀 기름 소금 간장
초 차에 얽매어있네"

지금 비록 후자의 일곱 가지에 얽매어 있지만 그 앞의 일곱 가지를
잊지 않아 거문고 타는 것 외에 모두 풍류를 자처하는 꺼리로 여기고
있다.

무릇 그 일곱 중에 바둑은 유독 승부와 유관한데 시종 이기고 지는
것에 연연함이 없다. 때문에 창석 무림 두 형과 내기 바둑 30년에 승
부욕이 없기에 번번이 좋은 대국을 그르친다. 습관을 고치려 하기를
오래지만 끝내 바꾸지 못하고 내심 독백하여 이르기를 "차라리 스스
로 즐길지언정 승부를 탐하지는 않겠다" 하고 빙그레 웃어버릴 뿐이
다. 아마도 이것이 내 천성인가 보다.

을미년 양정월 31일

烏鷺閑談忘瑣事　흰돌 검은돌 수담 잡일을 잊으니
市中坐隱自娛時　저자에서 은자처럼 자오할 때라
旣爲自命風流客　기왕 풍류객을 자처한 터
勝負何須所拘爲　하필 승부에 얽맴이 되랴

値眼光增進之會 안목증진의 기회를 만나다

文化財廳近代文化財課召開抗日獨立運動及天主敎近代文化遺
産文化財登錄檢討對象選定諮問會議 與金永植尹慶老韓詩俊金正
新安貴淑委員諸位若尹凡牟先生會同於國立故宮博物館
　於是 先選定大韓獨立宣言書臨時政府還國紀念署名袍等之抗日
分野遺物九件而後 又選定天主歌辭金大建神父親筆英文書簡等之
天主敎分野遺物九點
　今次所選定遺物 因以近代之物 不得爲指定文化財 然 需要其
保存管理 再經調查檢討 而使所以登錄於文化財目錄
　趁此會議 能得新知識 亦爲所助益於眼力增進

乙未 二月四日

　문화재청 근대문화재과가 항일독립운동 및 천주교근대문화유산문
화재 등록검토대상 선정자문위원회를 개최하여 김영식 윤경로 한시
준 김정신 안귀숙 위원 제위와 윤범모 선생과 국립고궁박물관에 회
동하였다.
　이때에 먼저 대한민국독립선언서 임시정부환국기념서명포 등의 항
일분야 유물 아홉 건을 선정한 이후 다시 천주가사 김대건신부 친필
영문서간 등의 천주교분야 유물 아홉 점을 선정하였다.
　이번에 선정된 유물은 근대의 것들이라 지정문화재는 되지 못하지
만 그러나 보존관리가 필요하여 다시 조사검토를 거쳐 문화재 목록
에 등록시키려는 것이다.
　이 회의를 기회로 새로운 지식을 얻을 수 있었고 또 안목증진에 도
움이 되었다.

을미년 2월 4일

逢人到處多淵博　도처에 석학들 많아
經受周遭格物資　두루 격물꺼리 만남을 겪는다
旣歇功夫時入棺　기왕 공부 관에 들어가야 끝나는 것
自求眼目又爲師　스스로 안목 구하고 스승 삼는다

端嚴之親日 단엄한 친일

本月四日 近代文化財登錄對象選定時 不可不驚 卽如張勃所寫
明洞聖堂十四使徒壁畵若張過聖所寫聖母子像 因以親日 爲所除
外於選定是也 於今親日件 爲敏感事案 無得容之 無可奈何云云
　去年爲月田美術文化財團所選定今年重鎭作家 擧行周甲展于寒
碧園 先於此事 鄭鉉淑博士任職於利川市立月田美術館室長之際
曾以飜譯其所藏遺物 是以 一向以爲緣深 目擊此事 何能不驚
　過去親日 今爲餘辜 雖有功積 官民俱斥 嗚呼 孟子之言 信不
可誣也 不義之事 雖有孝子慈孫 百世不能改也云 人須堅持正義
切學於此 光復卽後 若得斷罪親日 則今日我國情況何變

乙未二月七日

　이달 4일 근대문화재등록대상 선정시에 놀라지 않을 수 없었다.
즉 장발이 그린 명동성당 14사도 벽화와 장우성이 그린 성모자상 같
은 것들이 친일로 인하여 선정에서 제외된 것이 그것이다. 친일이
지금에 민감 사안이어서 받아들일 수 없는 것은 어쩔 수 없다고 운
운한다.
　지난해에 월전미술문화재단이 선정하여 올해의 중진작가가 되어
한벽원에서 주갑전을 개최하였고 이에 앞서 정현숙박사가 이천 시립
월전미술관실장에 근무할 때 일찌기 소장유물을 번역하여 이로써 줄
곧 인연 깊다고 여겨왔는데 이 일을 목격하고 어찌 놀라지 않을 수
있었겠는가!
　과거의 친일이 오늘 여죄가 되어 비록 공적이 있어도 관민이 다 배
척한다. 아! 맹자의 말씀은 참으로 거짓이 아니다. 의롭지 못한 일은
아무리 효자와 효손이 있을지라도 백세 길이 바꿀 수 없다고 하였다.

사람은 모름지기 정의를 견지해야 한다는 것을 여기에서 절실히 배웠다. 만약 광복이후 친일을 단죄할 수 있었다면 오늘 우리의 정황이 어찌 변했을까!

을미년 2월 7일

1)

親日我邦羞憤事	친일은 우리의 부끄럽고 분한 일
今爲餘辜惡其人	오늘도 여죄가 되어 그들을 미워한다
彼迎光復無能剔	저 광복 맞아 도려내지 못한 것이
助長邪行徼倖因	사행을 조장하고 요행을 바라는 원인되었다

2)

聞道渠容親日人	듣자니 친일을 용납한 것은
當爲反共此爲因	반공이 원인이었다고 하네
日常有別從時義	늘상 분별이란 시의를 따르지만
無得欺瞞史事眞	역사의 진실을 속일 수는 없으리

圓大卒業式風景　원대 졸업식 풍경

卒業式風景 己見二旬於圓光校庭

過去典禮當日 賀客雲集 周邊道路亦堵塞車輛 乃爲集市彷彿
轉頭之間 其人波減爲十一 潦倒且蕭條矣

卒業生中就業者極少 許多卒生掃臉而無顏 不參者頗多 設爲參
之 只呼其親知一二而已 何得如前也哉

聞道今年靑年失業者可數百萬 固不知大學若我國來日也 噫

乙未二月十三日

원광대학교 교정에서 졸업식 풍경을 스무 해를 보아왔다.

과거의 전례당일엔 하객이 운집하고 주변도로도 차량으로 막혀 저
자거리 방불하였는데 어느새 인파가 십분의 일이 되어 초라하고 또
스산하다.

졸업생중 취업자가 매우 적기에 허다한 졸업생이 무안하여 불참자
가 많고 혹 참석해도 친지들 한둘만 부른다. 어떻게 전과 같을 수 있
겠는가!

듣자니 올해 청년실업자가 백만이라 한다. 실로 대학과 우리나라
의 미래를 모르겠다.

을미년 2월 13일

殿堂風景殊非曩　대학가 풍경 옛과 달라
典禮轉頭潦倒狀　졸업식이 고개 돌리는 사이 초라하게 되었다
懷夢靑衿沒未來　꿈 품었던 젊은이들 미래가 없어
茫然師父欲言忘　망연한 스승 부모 할 말을 잊었기에

擔卸 짐을 벗다

昨日傍晚 有韓國書藝家協會定期總會於仁寺洞崔大監食堂 會
計監査報告之餘 指目崔玟烈先生而推戴次期會長 卽爲擔卸焉
　去年 第四十九回會員展開幕時 施行義賣會 爲之以朴忠植金台
均兩位元老會員爲首 如韓星順金希眞鄭福東吳世烈咸明禮朴順子
等會員 共十七人出損三百七十萬圓 加之其他 能收四百四十萬圓
　又前年召開野遊會於西五陵 以謀會員間融洽 此兩事 卽爲我任
期兩年中特記之事也 明年值五十周年 將以此小本經營大事 令人
挂念矣

乙未二月二十四日

어제 저녁나절 한국서예가협회정기총회가 인사동 최대감집에서 있
었다. 회계감사를 보고하는 여가에 최민렬선생을 지목하여 차기회장
에 추대하니 바로 짐 벗음이 되었다.
　지난해 제 49회 회원전 개최시에 바자회를 열었는데 이를 위하여
박충식 김태균 두 분 원로회원을 위시하여 한성순 김희진 정복동 오
세열 함명례 박순자같은 회원 모두 열일곱분이 370만원을 출연하였
고 여타의 것을 더하여 440만원의 수입을 올렸다.
　또 재작년에는 서오릉에서 야유회를 개최하여 회원간의 결속을 꾀
하였다. 그 두 날이 내 임기 두 해 가운데 특기할 만한 일이다. 내년
에 50주년을 맞는다. 이 작은 돈으로 큰일을 치루어야 하기에 걱정
이다.

을미년 2월 14일

擔卸書壇事　서단에 짐 벗으니
心輕脚步輕　마음도 발걸음도 가볍다
將來須不涉　앞으로 관섭치 않으리니
何不祝杯傾　어찌 축배를 기울이지 않으리

罷元旦茶禮 원단의 차례 후에

歲時風俗 不如前日 歸省人波尙在 而不行茶禮者多矣
　世有祭祀祭需代行業體 無論茶禮 省墓伐草 亦不例外 今人不
知追遠報本之義 但隨形式 趨易避難 每況日下 是誰之愆

乙未 二月十九日

　세시풍속이 전날과 달라 귀성인파는 있으되 차례를 모시지 않는
사람이 많다.
　세상엔 제사와 제수의대행업체가 있는데 차례는 물론 성묘와 벌초
도 예외가 아니다. 오늘날 사람들 선조를 추모하고 뿌리에 보답하는
뜻을 모른다. 형식을 쫓아 쉬운 것만 따르고 어려운 것을 피한다. 상
황이 날로 나빠지니 이 누구의 잘못인가!

을미년 2월 19일

從來茶禮事　차례의 일이란
報本歲時儀　조상에 보답하는 의식
追遠他人替　추모 남이 대신하다니
人間重病罹　인간들 중병에 걸렸다

偶吟 우연히 읊다

値以元旦 與妻家食率 會同丈人丈母所入住包川養老院 宿其側
傍之熊村滑雪場 於是 人人之遊 年差之別 歷歷的的 乃爲一首焉

乙未 二月二十日

원단을 맞아 처가의 식솔들과 장인장모가 입주한 포천실버타운에
회동하였다가 그 옆의 베어스타운에서 묵었다. 이때 사람마다 노는
것을 보고 연차의 구별이 역력하여 한수 지어본다.

을미년 2월 20일

回望時年差有別　나이 따라 분별을 돌아보니
桑楡憶昔老軀悲　노년엔 옛 그리며 늙어진 몸 슬프고
憂心悒悒中年屬　근심걱정은 중년의 몫
美夢靑春自喜時　단꿈의 청춘은 절로 기쁜 때로다

春雨霏霏 주룩주룩 오는 봄비

元日則雨水 兩日霏霏 心自裕足 凌晨雨聲 非圃隱先生嘗所云
春雨細不滴夜中微有聲之微音
　今年過歲亦赤貧之家許多 其窘塞苦衷 彼爲政者知之乎 借問天
下一家四海兄弟之義 汝輩知之乎 如春雨濡濕萬物然 我國政治値
以開闢 其惠均施 多少幸好

乙未二月二十二日

　새해 첫날이 우수더니 이틀간 주룩주룩 비 내려 마음절로 넉넉하
다. 새벽 빗소리가 포은 선생이 일찌기 "봄비 가늘어 방울 짓지 못하
더니 밤중에 가는 빗소리 들린다"고 이른 바의 소리가 아니다.
　금년 과세에도 헐벗은 집이 허다 할 텐데 그 군색한 고충을 저 위
정자들은 알고 있는지? 묻고 싶은 것은 천하가 한 집안이고 모든 사
람이 나의 형제라는 사실을 그들은 알고나 있는지? 봄비가 만물을
적시는 것처럼 우리나라 정치가 개벽을 만나 그 은혜가 고루 베풀어
진다면 얼마나 좋을까!

을미년 2월 22일

春雨濡輿地　봄비가 땅을 적시니
蘇生萬物時　만물이 소생하는 때라
何時雲擾盡　언제 어지러운 세상 다하고
仁政惠均施　덕정의 은혜 고루 미칠까

坤兔

尋水鍾寺　수종사를 찾아

迎乙未正初 與蓮心行金南希女士 登南楊州雲吉山水鍾寺 旣知
此地有無不居士所書一柱門雲吉山水鍾寺若寺蹟記碑 爰爲參堂而
見之 特意以尋矣

從北漢江路邊 至寺入口 先見名勝指定109號標識懸垂幕 沿彎
彎曲曲之山逕 直上五里許 方見一寺南向山腰 下車後 到一柱門
而徘徊 合掌拜禮石像大佛 再經不二門 踏階而升堂 下望二水頭
若兩水里 不覺胸襟開闊

參堂後 環顧四周 適山神閣築造中 應眞殿八角五層石塔經學院
鐘閣三鼎軒寮舍等圍立金堂 其大大小小之圍排 如聚在大形木魚然

魚尾之處 有解脫門 出之 五百年生杏樹扶疎 其傍突兀有碑 是
無不居士所書寺蹟記碑也 而摩挲一讀 其中千年莊嚴之事 一一畫
之 是所謂黃絹幼婦也

夕陽下山 步步沈重 恰若萬斤然 何以千古勝景也 蓋以其無不
居士手澤尙新 春露復見居士也夫

乙未二月二十四日

을미년 정초를 맞아 연심행 김남희여사와 냠양주 운길산 수종사에 올랐다. 이미 이곳에 무불거사가 쓴 일주문의 운길산수종사와 사적비가 있음을 알았기에 법당 참배와 이를 보려고 특별히 찾았다.

북한강 노변부터 절 입구에 이르러 먼저 명승지정 109호란 쓴 현수막을 보고 구불구불한 산길을 따라 오리쯤 곧바로 올랐다. 비로소 남향산허리에 절이 보인다. 하차 후 일주문에 이르러 배회하다 석상대불에 합장배례하고 다시 불이문을 지나 층계를 밟고 법당에 올라가 아래로 두물머리와 양수리를 바라보았다. 나도 모르게 가슴이 탁 트인다.

참당 후 사방을 둘러보니 마침 산신각은 축조중이였고 응진전 팔각오층석탑 경학원 종각 삼정헌 요사채등이 법당을 싸고 있는데 그 크고작은 배치가 마치 대형 목어에 모여있는 것 같다.

목어 꼬리부분에 해탈문 있어 나갔는데 오백 년생 은행나무가 퍼져있고 그 옆에 사적비가 있어 찬찬히 읽어 보았다. 천년의 장엄이 하나하나 그려져 있다. 이를 두고 절묘하다 말할 것이다.

석양에 임하여 내려가려니 발걸음이 만근이나 무겁다. 어찌 그 천고의 승경 때문이었겠으리오. 아마도 무불거사의 수택이 새로워 봄이슬에 다시 거사를 만날 것만 같아 뒤로 할 수 없었기 때문이었으리라.

을미년 2월 24일

水滴雲吉響　떨어지는 물소리 울림
恰似鐘聲緜　흡사 이어지는 종소리 같아
無能無尋覓　찾을 수밖에 없었으니
羅漢使王牽　나한이 왕을 이끈 것

已聞寺傳說　이미 절 전설 들어온 터
心中在年年　해마다 마음속에 있었는데
今春始操彎　올 봄 처음 찾음은
參堂額書憐　참당 겸 현액 글씨 아껴서라네

沿灣漢江水　굽이진 한강물 따라
情景花眼前　정경이 눈앞에 꽃이러니
暫間到入口　잠간만에 이른 입구에
名勝標識懸　명승표지 현수막 걸려 있다

直上看一柱　곧바로 올라 보이는 일주문
無不字勢寶　무불거사 필세 가득하다
合掌立大佛　대불에 서서 합장하고
踏階層層連　층층의 계단 밟았다

瞰下二水頭　내려다보이는 두물머리
悠悠流無邊　유유한 흐름 그지없고
開闊深呼吸　탁 트여 심호흡하니
世外自神仙　세상 밖의 절로 신선이어라

道場木魚相　도량은 목어의 모습
左右稍長扁　좌우로 납작한데
浮屠石搭靜　부도 석탑은 고요하고
風磬天琴弦　풍경소리는 천연의 비파여라

茶香幽三鼎　삼정헌에 차향 가득하고
夕陽已嬋娟　석양이 이미 찬연한데
解脫門出外　해탈문 나서자
杏樹老連天　늙어진 은행나무 하늘에 닿아 있다

寺蹟書又對　다시대한 사적기비글씨
歷歷畫千年　천년이 역력히 그려지누나
欲歸惜無盡　돌아가려니 그지없는 이 아쉬움
何獨絶景緣　어찌 유독 절경인 때문일까

再踏層階下　다시 층계 밟고 내려올 제
留戀不放捐　남은 미련 놓지 못하겠구나
回首伽藍望　고개 돌려 바라보는 가람
再來招手然　다시 오라 손짓하는 듯 하다

贊東洲學兄尊師一心

동주학형의 스승 섬김을 기리다

東洲李漢山學兄帶博士論文目次 而來山房 相論之次 驀焉 一
册出包而示之 曰 此卽爲少棠李壽德先生九旬所搜全國騷客之七
律六十餘首 又曰 將搜台灣及國內書家祝筆百幅 值今年陰七月四
日恩師生辰日 兩册欲以奉呈云

夫圖謀此事 只以爲其門下生乎 誠非東洲 則誰能如此爲之 像
季希有之事 孰不譽之哉

乙未二月 二十六日

동주 이한산 학형이 박사논문 목차를 지참하고 산방에 왔다. 서로
의론하는 차에 갑자기 가방에서 책 하나를 내어 보여주며 이는 소당
이수덕선생님 구순을 위하여 수집한 전국 한시인의 칠언율시 60여수
라고 한다. 또 이르기를 장차 대만과 국내서가 축필 100폭을 모아
금년 음력 7월 4일 선생님 생신날 두 책을 봉정하려 한다고 한다.

무릇 이 일을 도모함이 다만 그 문하생이기 때문일까? 실로 동주
가 아니면 할 수 없는 일이요 세상에 드문 일이다. 어찌 기리지 않을
수 있겠는가!

을미년 2월 26일

上京弱冠投書路　　약관에 상경하여 서예에 투신하곤
一向尊師老大爲　　줄곧 스승 섬기다 노인이 되어졌네
孰可頌詩能使賦　　누가 송시를 짓게 할 수 있으며
誰能祝筆可令揮　　누가 축필을 쓰게 할 수 있으리
患軀不顧恩無負　　병든 몸 돌보지 않고 은혜 저버리지 않고
稱譽無干道不違　　기림에 관계없이 길을 어기지 않았구나
像季斯文方敝履　　말세에 도의가 헌신짝 되어진 지금
書壇龜鑑學人馡　　서단의 귀감이요 학인의 향기로다

値廢科頭年　폐과 첫해를 맞아서

今日値開講 看其二年生出席簿 三十八名中 纔十有一剩之 凄然不禁 又不受新生 不忍見其空蕩之室

噫 新生年年 雖不充員 潑剌喧鬧 活潑潑之 而今無以得見其顔 亦無以得聽其聲 令人凄苦

乙未三月三日

오늘 개강을 맞아 이학년생 출석부를 보았는데 38명중 겨우 11명만 남아 처연함을 금할 수 없다. 또 신입생을 못 받아 텅 빈 일학년 교실을 차마 볼 수 없다.

아! 신입생이 해마다 비록 충원을 못했어도 발랄하고 시끌벅적하여 활력을 더 했는데 이제 그 얼굴을 볼 수 없고 그 소리를 들을 수 없어 사람을 애닯게 한다.

을미년 3월 3일

系廢頭年次　폐과 첫해를 맞으니
凄然苟不禁　처연함 금할 수 없다
相看何樂樂　서로 본들 무슨 즐거움
掠過第惜惜　스쳐 지나도 서로 말없다
教室空虛繞　교실엔 공허함만 맴돌고
門廳寂寞深　현관에 적막만 깊어라
新生喧鬧處　신입생 떠들던 곳에
一陣冷風臨　찬 바람만 임하누나

막내 3학년

對鏡見數莖白眉憶童年一元旦

몇 가닥 흰 눈썹을 보며
어린 시절 어느 새해 첫 날을 회상하다

自六旬左右 白眉數莖出之 脫而又再生 每見變老迹象 今朝見
之 騫焉 想起童年一元旦

五六歲時除夕 姉氏美子警告無得早睡 而早就寢 揉麵紛塗於兩
眉 元旦起床 見兩眉之白 以驚奇形 姉氏弄之 曰 早寢而變白 哎
呀無奈

於是 無以用水潤濕 不暇感痛 卽以摘下 而殆盡眉毛

如今歲時風俗皆泯 何處能見如此戲玩乎 只有人心漸薄也

乙未 三月 五日

60무렵부터 흰 눈썹이 몇 가닥 나와 빠졌다가는 또 다시 나 매양
늙어가는 모습을 본다. 오늘 아침 이를 보다가 언뜻 어린 시절 어느
새해 첫날이 떠올랐다.

대여섯 살 때 그믐날 미자 누이가 일찍 자면 안 된다고 경고했는데
도 일찍 잤는데 밀가루를 반죽해 양 눈썹에 붙였다. 원단에 일어나
두 눈썹이 희어진 것을 보고 이상한 모습에 놀랐는데 누이가 일찍 자
서 눈썹이 희어졌으니 아이구 어쩌나 한다.

이때에 물도 바르지 않고 아픈 것을 느낄 겨를도 없이 떼어내 눈썹
이 거의 빠졌었다.

오늘날 세시풍속이 다 사라졌다. 어디에서 이러한 장난놀이를 볼
수 있을까? 단지 인심이 점점 각박해짐만 있다.

을미년 3월 5일

舉世無良俗　온 세상 미풍양속 없고
人人紙薄情　온통 종잇장 같은 인정
莫知存守歲　누가 알랴 그믐날 밤 밝히는 것을
庚申守夜行　경신날 날 지새우는 것을

歎圍棋頻道一節目

바둑채널의 한 프로그램을 한탄하다

我素酷愛圍棋 每日看其圍棋頻道 節目中有韓中大抗戰 自一日
換韓中大捷 蓋其關係者不知大捷之義 而戰誤捷 噫

乙未三月八日

내 평소 바둑을 혹애하여 매일 바둑채널을 본다. 프로그램 중에 한
중대항전이 있었는데 어느 날 부터 한중대첩이라고 바꾸었다. 아마
도 관계자가 대첩의 뜻을 모르고 큰 다툼을 큰 승리로 잘못 한 것 같
아 아쉽다.

을미년 3월 8일

1)

莫知文字何時盡	문자 알지 못함 언제나 다할까
敎學年年退步看	배우고 가르침 퇴보만 보는구나
國粹爲辭捐漢字	국수가 빌미되어 한자 버리다니
嗚呼國語久蹣跚	아 우리국어 비틀비틀 오래어라

2)

昔誚不分魚魯漢	옛날엔 어로불분 꾸짖었고
今吾戰捷不分歎	이제 나는 전첩불분 한탄한다
將過一世捐文字	한자 버려두고 한 세대 지나가면
言語相通是亦難	서로 말조차 통하기 어려우리

當消息分魚魯焉之書

軍捷不分類
世措文之三語

有直之而申美

謹領金忠顯懸板書藝一册思先生

『김충현현판서예』 책을 받고 선생을 생각하다

一中先生記念事業會搜集全國所散在懸板　發刊一册　凡四百六
十七頁　夫頁頁面面翻之而看　共一百七十四作品載之　無非平作
一一佳品　第有瑕玷　首先其一門之某氏寫一中書藝之供獻與其背
景一文　又其釋文間間有誤　示之一例 133頁石農之草跋中　別字誤
數字是也
　一中先生　壽而多福　得享富貴　又多留佳書之　一代名筆　漸忘書
壇　噫

乙未三月十二日

일중선생기념사업회가 전국에 산재해있는 현판을 수집하여 책을
발간했는데 무릇 467쪽이다.

페이지마다 들쳐보니 모두 174작을 실었는데 수준작이 아닌 것이
없어 하나같이 일품이다.

다만 흠이라면 먼저 그 문도인 모씨가 '일중서예의 공헌과 배경'이
란 문장을 쓴 것과 또 석문에 간간히 틀린 게 있어 일례를 들면 133
쪽 〈석농〉의 초서 발문 중 별호를 몇 자로 잘못한 것이 그것이다.

일중선생은 장수에 다복에 부귀를 누리고 또 좋은 글씨도 많이 남
긴 한 시대를 풍미한 명필인데 서단에서 점점 잊혀져간다. 안타까울
뿐이다.

을미년 3월 12일

閥閱名家出　명문가에서 명가를 내니
人言不世英　사람들 불세출이라 하였네
少年文理得　어려서 문리 얻고
弱冠筆歌成　약관에 필가묵무 이루었네
漢隷開新境　한예에 새 경지 열고
韓書拓路程　한글서예 노정을 열었네
一時風靡長　한 시대를 풍미한 어른이언만
今却鮮知名　오늘날 이름 아는 이 드물어라

遇江宇先生反躬自省

강우선생을 만나 스스로를 돌아보다

曩者 夫旣以托付第七次若八次詩集兩卷監修於江宇先生 數月
間 無得相見 心中焦灼之際 會先生有以所求河圖若洛書四字於兩
幅繪圖 枉臨益山 乃可以消愁解悶
　每見先生 佩服無已 則已得淵博 外息繁鎖之緣 亦棄手機之利
俯察群書爲事 不分晝夜故也
　我乃襟裾 游手好閑 煩緣牽累 東奔西走 何啻愧漸 自心痛苦耳

乙未三月十七日

　접때 이미 강우선생께 제7차와 8차 시집 두 권의 감수를 부탁드렸
는데 몇 개월 간 만날 수 없어 마음이 적이 초조한 즈음 마침 선생이
두 폭의 그림에 하도와 낙서 네 자를 쓸 일이 있어 익산에 왕림하여
이에 가히 근심걱정을 풀었다.
　선생을 볼 적마다 탄복을 그만둘 수 없는 것은 곧 이미 깊은 학문
이어도 밖으로 사소한 인연 끊고 핸드폰의 이로움도 던져버리고 책
보는 것을 일삼기를 밤낮을 가리지 않는 때문이다.
　나는 무지한데도 빈둥빈둥하면서 번거로운 인연에 얽혀 동분서주
한다. 어찌 부끄러울 뿐이겠는가! 절로 마음이 아플 따름이다.

을미년 3월 17일

1)

淵博無雙日日新　둘도 없는 큰 학문에도 일일신하고
悠悠喜作地偏人　유유히 외진 곳 사람이길 즐기시오만
區區羨慕無能効　이 몸 부러워도 본받지 못함은
安逸貪圖俗陋因　안일함과 용속하고 고루한 때문

2)

今日通儒踐息緣　오늘날의 큰 선비가 인연 끊어가며
手機擯斥已多年　핸폰도 던져버리기를 오래
日孜宿慣猶忙碌　공부가 습관되어 오히려 분망함을
每見區區第肅然　매양 보는 이 몸 숙연할 뿐이어라

觀江宇先生校閱本 강우선생 교열본을 보고

屬文綴詩 已有一紀 僅繫字句 而落言詮 不在空靈矣
　每次 拙稿一一比較於江宇先生所校正 一字加減 一句倒置 點
鐵成金 莫不驚焉 又拙想不到之處 一句之添 則爲宛曲 忖度人心
有戚戚焉 苟其知不知 懸隔雲泥也已

乙未三月二十日

　문장과 시 짓기를 열두 해 겨우 얽기는 하지만 언사의 여흔에 떨어
지고 생동과 신선함 없다.
　매차 내 원고를 강우선생이 교정한 것에 일일이 비교하는데 한 글
자 가감하고 한 구절 도치하면 곧 변신하기에 놀라지 않을 수 없다.
또 내 생각이 미치지 못한 곳에 한 구절 더하면 곧 완곡하게 된다.
내 마음을 헤아리기에 동하는 바가 있다.
　실로 알고 알지 못함이 하늘과 땅 차이이다.

을미년 3월 20일

倒置減加施　도치와 가감을 베풀면
一消文理玼　문맥의 흠이 일소되어
猗歟彬蔚然　아름다워 정연한 듯 하고
如切如磨似　자른 듯 간듯하여라

迎春開花偶吟 개나리를 보고 우연히 읊다

春色滿地 迎春散開 處處黃黃 烘衬春光 東西古今 正色其中
黃乃爲貴 以其黃金也
今日庶民 十九赤貧 輾轉憂心 何啻吾一人矣 每觀此花 忽爲裕
足 不覺開心 豈非常情乎

乙未三月三十日

봄기운 가득한데 개나리 흩어져 피어 곳곳 샛노란 빛에 봄볕마저
돋보인다.

동서고금에 오색 그 가운데 노란빛 귀히 여기니 황금 때문이리라.

서민들 오늘 십중팔구 헐벗은 가난인지라 걱정에 전전하는 사람
어찌 나뿐이랴!

매양 이 꽃 보면 나도 모르게 마음이 전환되어 문득 넉넉해진다.
어찌 인지상정이 아니겠는가!

을미년 3월 30일

人人正色黃爲貴　사람마다 오색 중에 황색을 귀히 여김은
不覺黃金類比因　절로 황금과 비교하기 때문일 터
旣往空來空手去　기왕에 공수래공수거
何須羨富托迎春　하필 부자 부러운 것을 개나리에 의탁할까

觀杜鵑花又偶吟

진달래를 보고 다시 우연히 읊다

萬化方暢之際 滿地山野 粉紅杜鵑 炫耀鮮光 萬木節早兮無葉
草芽寒畏兮未長 先發蓓蕾 其焉能知之乎
　儻若長夏 一片新綠蔽日之際 雖欲灼花 則如是叢挫短身 誰留
寵意 必是無得秋波 時之得耶否耶 人事若開花 如是至重 以此觀
之 杜鵑時得 不亦奇異乎
　每俟零落 卽抽嫩葉 萬綠叢中 隱而不見 可謂領得舍藏之道也

乙未 三月 三十一日

　만화방창한 즈음 온 곳 산야에 분홍진달래가 맑은 빛 뿜낸다. 온
나무는 아직 철 일러 헐벗은 대로이고 풀잎도 추위를 피해 아직 움트
지 않았는데 먼저 꽃망울 터뜨릴 것을 그 어찌 알았을까?
　만일 신록이 우거져 녹음이 해를 가릴 즈음이었다면 아무리 붉게
꽃피우고자 한들 이처럼 작달막한 떨기의 꽃을 그 누가 사랑할까?
반드시 사람의 눈길을 얻지도 못했을 것이다. 때를 얻느냐 못 얻느냐
는 사람의 일이나 식물이 꽃피우는 데에 이처럼 지중한 것이다. 이러
한 점으로 본다면 때맞추어 꽃핀 진달래는 또한 기이하지 않은가!
　매양 꽃잎 질 때를 기다려 연한 싹 내밀었다가 온갖 녹음 속으로
숨어져 보이지 않는구나. 가히 나갈 때와 숨을 때를 안다고 이르리라.

을미년 삼월 삼십일일

杜鵑先放炫　진달래 먼저 피어 환하다
裸木滿山時　헐벗은 나무 가득할 제
萬綠叢中屬　그리고는 녹음으로 돌아간다
行藏豈得知　행장을 어찌 아는 걸까

卽席走筆 즉석에서 시 짓다

今番學期 擔漢詩特論講 邱爕友譯註唐詩三百首爲教材 博士生
金炫廷金蓮張克若碩士生黃仁賢等 共四人受講 其外 鄭銀淑博士
修了生若碩士生崔順福等二人旁聽
早春頗炎 去年同一 彷彿暮春 是以 櫻花之於平年 早發二周
今日正值滿開 於是 六人要求野外授業 之校內植物園 人波不少
適有空床 占而圍坐 校正上周課題所用上平聲四支韻隨誰追之五
絶之餘 以同韻卽席賦詩二首

乙未 四月一日

이번학기에 한시특론 강의를 맡아 구섭우 역주의 『당시삼백수』를
교재로 하였다.

박사생 김현정 김련 장극과 석사생 황인현 등 넷이 수강하고 그밖
에 정은숙 박사수료생과 석사생 최순복 등 둘이 청강한다.

이른 봄이 제법 더워 작년과 같이 늦은 봄 방불하다. 때문에 벗꽃
이 평소보다 두 주나 앞서서 피어 오늘 만개를 맞았다. 이때에 여섯
이서 야외수업을 요청하기에 교내 식물원에 갔다. 인파가 적지 않았
는데 마침 빈 탁상이 있어 둘러앉아 상평성 네 번째 지운 수(隨) 수
(誰) 추(追)를 써서 오언절구를 지은 지난주 과제를 교정하는 여가에
같은 운으로 즉석에서 두 수를 지었다.

을미년 4월 1일

1)

佳人花朶隨　예쁜이들 꽃망울 따르지만
幽徑見嫌誰　고즈넉한 길에 미운 놈 누구일까
莫是凝妝甚　아마 화장 짙게 하여
花香使遠追　꽃향기 쫓는 놈일테지

2)

循環節侯隨　계절이 순환 따르듯
能逆老來誰　늙어짐 누가 거역하랴만
何道人生短　어찌 인생이 짧다 하리
脩長藝道追　긴 예술을 추구하면서

新湖南高速鐵開通 새 호남고속철 개통

夫旣存大田經由湖南高速鐵開通後十一年　再開通五松光州間
適値上京之木曜 乘午後兩時三十分發 未過七十分 得到龍山
　時在庚午(1990) 赴任圓光 用統一號 費三時間半 其後常用新
里號 花兩時間四十分　歲在甲申(2004)　開通西大田經由高速鐵
可入兩時間帶 如今又減三四十分也 自今而後 通勤亦可 心情與
衆不同矣

乙未四月二日

기존의 대전경유 호남고속철이 개통한지 11년 만에 다시 오송 광
주간이 개통되었다. 마침 상경하는 목요일이라 오후 2시 31분발을
탔는데 70분이 되지 않아 용산에 도착했다.

경오년(1990)에 원광대에 부임하여 통일호를 탈 때 세시간 반이
걸렸고 그 후 늘 새마을호를 탔는데 2시간 40분이 걸렸다. 갑신년
(2004)에 서대전을 경유하는 고속철이 개통하여 두 시간대에 들었는
데 이제 다시 3~40분이 절감되었다. 이 이후 통근도 가능해 기분이
남다르다.

을미년 4월 2일

暫間瞌睡到龍山　　　잠간 눈 붙이면 용산
了得京鄕咫尺間　　　경향이 지척임을 알겠다
通勤益山方可得　　　익산 통근이 가능하니
朋呼難避莫偸閑　　　친구부름 피할 수 없고 꾀부릴 수 없겠구나

群影朋友不如前日

군영회 친구들 옛날 같지 않아

値淸明前日之土曜 下午二時 與群影會瀾濤鐵肩絶影 先會於南
大門路所在昊延所運營咖啡店 於是 雨跨放士無得上京 四人南山
登臨 環顧四周 滿喫春光
下山後 轉徙南大門市場明洞街巷 醉中叙舊 戌時頃 相約暑假
一周東海 忽忽解散
十餘年前 每逢此日 夜闌痛飮 動輒翌日午後消散 而今休矣 戌
時初夜 坐不安席 老則老矣

乙未四月四日

청명전날의 토요일을 맞아 오후 두 시에 군영회 란도 철견 절영과
먼저 남대문로에 호연이가 운영하는 커피니에서 모였다. 이때 우빙
은 상경하지 못하였고 넷이 남산에 올라 사방을 둘러보면서 봄날을
만끽하였다.
하산 후 남대문시장 명동거리를 옮겨가며 취하여 회포를 풀다가
술시에 여름방학 동해일주를 약속하고 총총히 해산하였다.
십여 년 전 매양 이날 밤이 이슥토록 마셔대고 걸핏하면 다음날 오
후에 헤어졌는데 이제는 아니다. 초저녁 술시면 좌불안석이다. 늙기
는 늙었나보다.

을미년 4월 4일

人生六十有爲時　인생은 육십부터라고
好事虛詞荒誕辭　호사자의 허사요 황당한 말
憚酒留連當老鬼　술자리 꺼리는 늙다리라는 것
忽忽歸轡證言玆　바쁜 귀가가 이를 증언하누나

哀一隻燕子孤飛 　홀로 나는 제비가 애처로워

黃登寓所十三層窓 一隻燕子掠而飛去 一喜一驚 秋波不已 而
從其跡 終也孤單

往昔燕子甚多 家家有以造巢 常見繁殖情景 今日見之 猶如星稀

山河中毒 衆蟲垂泯 食孰而活 不遠萬里 艱難而來 必死吾土
可憐無垠

嗚呼 人慾無盡 自然日壞 蟲魚日少 人將何異

乙未四月七日

황등아파트 13층 창에 한 마리 제비가 스쳐 지나간다. 한편 반갑
고 한편 놀라워 눈길을 멈추지 못하고 그 자취를 따랐는데 끝내 홀
로다.

지난날 제비가 아주 많아 집집마다 보금자리 지었고 늘 번식의 정
경을 보았는데 오늘날 그를 보기가 마치 드물어진 별 같다.

강토가 중독되어 벌레들 거의 사라졌으니 뭘 먹고 살까. 만 리를
멀다 않고 힘겹게 와서 이 땅에 죽을 터 가련하기 그지없다.

아! 인간의 욕심 끝없어 자연을 훼손하여 온갖 벌레 날로 없어진
다. 인간이라고 장차 어찌 다를까!

을미년 4월 7일

1)

東窓燕子飛　동창에 제비 스치니
歡喜轉歔欷　기쁨이 한숨 되어진다
蝗鮮蜻希少　메뚜기 드물고 잠자리 희소해
飢而此土歸　굶어 이 땅에 죽겠기에

2)

疆土天然毀　강토의 자연을 훼손해
蟲魚日日稀　벌레고 물고기고 날로 드물다
人將何異物　사람이라고 뭐가 달라
得避此幾微　이 낌새를 피할 수 있을까

世越號沈沒一年   세월호 침몰 일년

今日爲世越號沈沒期年矣 失踪者九人尙在其中 人心悽然 大統
領發表其將撈船體

夫其有口難辯之事國家當之 而政治腐敗軍部解弛敎育不在人間
改造等等 諸盤難題 無得歸正 則可謂我國無以將來

近日 總理外所謂親朴幾人 受賂於成某氏 風雨飄搖 風雲莫測
人心惶惶

噢 今日風雨 改變之兆乎 抑將亡之朕乎

乙未四月十六日

오늘이 세월호 침몰 일년이다. 실종자 아홉이 그 속에 있어 사람마
음 처연한데 대통령은 선체인양을 발표하였다.

저 어처구니없는 일을 국가가 당하고서도 정치부패 군부해이 교육
부재 인간개조 등 제반의 난제들을 바로 돌려놓지 못하면 가히 우리
나라는 장래가 없다 하리라.

근자에 총리 외 소위 친박 몇 사람이 성모씨에게 수뢰하여 정국이
불안하고 요동치는 정세를 측량할 수 없어 인심이 흉흉하다.

아! 오늘의 시련이 개변의 조짐일까 아님 망하는 조짐일까!

을미 4월 16일

朞年已過世越號　세월호 침몰 일년
失踪有九在海中　실종자 아홉 바다에 있다
有口難辯事已過　어처구니없는 일 지내고도
基層一角如前同　사회저변은 전과 똑같다
雜亂無章事山積　뒤죽박죽이 산재해 있어도
國似漂流太虛空　나라는 허공에 표류하는 것 같다
應爲考驗改變兆　응당 시련이 개변의 조짐이어늘
不然將亡催忽忽　그렇지 않으면 망하는 길 재촉이리라
昨今爲政者作態　작금의 위정자들 작태여
風雨飄搖苟無懍　정국불안이 부끄럽지도 않은가
剜去腐肉消膿塊　썩은 부위 다 도려내야 하건만
奈何蹉跎不匡終　어찌 시기 놓쳐 바로잡지 못하는가
槿域要目入先進　근역의 요목은 선진국 되는 것
烝民人性涵養窮　백성들 인성함양 궁구하고
咸棄放漫轉節制　함께 방만 버리고 절제로 돌아
確立正道却內訌　정도 확립하여 내홍을 물리쳐야 하리

畢文化財委員任期 문화재위원 임기를 마치다

今日有二0一五年度動産文化財分科第二次委員會議於國立古
宮博物館會議室 是以 滿其兩年瓜期
　兩年間 每會議召開於偶數月二次周木曜日 一無缺席 得參凡十
二次會議
　藉此兩年 書誌陶瓷繪畫雕刻工藝等之諸分野 格物而窮 知識增
進 刮目向上 夫其補益於我 不可勝言
　然 纔解之中 不得已結束 非無惋惜

乙未四月九日

　오늘 2015년도 동산문화재분과 제2차 위원회의가 국립고궁박물관
에서 있었다. 이로써 두 해의 임기를 마쳤다.
　두 해 동안 매양 짝수 달 두 번째 주 목요일 날 회의를 개최했는데
한 번도 결석함이 없었기 열두 차례의 회의에 참석할 수 있었다.
　이 두해에 기대어 서지 도자 회화 조각 공예 등 제 분야에서 유물
에 다가가 궁구하며 지식을 증진하고 안목을 보태었다. 그 나에게
도움된 것을 이루 다 말할 수 없다.
　그렇지만 겨우 분위기를 알만한 중에 부득불 끝을 만났기에 아쉬
움이 없지 않다.

을미년 4월 9일

芒鞋踏遍樂偸閑　짬을 즐겨 구석구석 밟다보니
兩載猶如轉眼間　두해가 마치 잠간 같아라
躬格外行曾眼目　딴 분야에 다가가 안목 높이고
無時求學力追攀　때 없이 배움 구하고 증진 위해 힘 썼네

同參省齊女士古稀宴

성제여사 고희연에 동참하다

省齊李海溫女士 四十三歲時 欲補書歷 而尋堅志洞所在摩河書室 已有二十七個星霜 其間 佛光二洞寓所 鐘路商住兩用之樓 平倉洞靑霞山房等 每移書室 一不隔而枉臨 其誠一之心 敬慕久矣 尤其夫君可農金鍾燮先生亦同伴屢年 而任二代善墨會會長 可謂重緣

漫長之間 慣看府上多福 欽羨無已 轉眼間 迎古稀之年 今日於小公洞 Lotte Hotel 擧辨慶宴 與善墨會員數人 幸占末席 可喜可樂

觀其典禮 三代團欒 穆如春風 人皆欣然 非但如此而已 古稀之年 恰似芙蓉之態 與其菩薩之心 互相烘衬 人人賞嘆

惟願 享受百歲 得參百壽喜筵耳

乙未 四月十八日

성제 이해온여사가 마흔셋에 서력을 더하려고 견지동에 있던 마하 서실을 찾은 것이 이미 스물 일곱개 성상이다. 그동안 불광동빌라 종로오피스텔 평창동청하산방 등 서실을 옮길 때마다 한 번도 거르지 않고 찾아주어 그 한결같은 마음을 경모한지 오래다. 더우기 부군 가농 김종섭선생이 수 년을 동반하여 2대 선묵회장을 맡았다. 가히 거듭된 인연이라고 하겠다.

오랜 동안 다복한 집안을 익히 보며 부럽기 그지없었는데 어느새 고희 해를 맞았다. 오늘 소공동 롯데호텔에서 축하연을 열어 선묵회 회원 몇몇과 한 자리 차지하였다. 가히 기쁘고 즐겁다.

예식을 지켜보았는데 삼대가 단란하고 화목하기가 맑은 바람 같아 모든 사람이 흔연하다. 비단 이 뿐이랴 고희의 나이에 흡사 부용꽃 같은 자태가 보살 같은 마음과 서로 돋보여 사람마다 찬탄한다.

다만 바라건대 백세 누리시고 백수연에도 참석할 수 있었으면.

을미년 4월 18일

三九星霜相繼緣	스물일곱 해 이어온 인연
心頭恒善笑容姸	선한 마음 웃는 얼굴
嘗和舅姑親情盡	일찌기 시가에 며느리 됨 다하고
曾助丈夫家訓傳	일찌기 남편내조 가훈을 전해왔네
三代團欒天福享	단란한 삼대 천복 누리고
三旬誠一筆歌憐	한결같은 삼십년 필가묵무 사랑했네
古稀賀宴怡怡處	고희축하연 기쁨 넘치는 곳에
端坐悠悠似白蓮	앉아있는 유유한 모습 맑은 연꽃이어라

暮春遠足　늦봄의 소풍

　　春花已落　草芽漸綠　爲娛遠足　與朴秀娟金南希等兩女士　尋覓
楊州長興所在自生樹木園　淸風滿山　松柏參天　奇花瑤草　幽徑扶
疎　山深春遲　杜鵑猶在　山鳥奔飛　處處時鳴
　　於是　開盒飯午餐　而兼啤酒　恰爲仙人於瑤池　此地相去都會　不
滿百里　相差如此　積鬱宿病造次快愈然也
　　人多身懦　赤貧爲愁　心病已甚　無有長策　或猶裕足　煩冗爲奴
意懶心灰　不享此樂　噫

乙未四月二十六日

　　봄꽃은 이미지고 풀싹점점 짙푸른데 원족을 즐기려고 박수연 김남
희 두 여사와 같이 양주군 장흥에 있는 자생수목원을 찾았다. 맑은
바람 온산에 가득하고 잣나무 솟아있는데 기화요초가 오솔길에 어우
러졌다. 깊은산 봄 늦어 진달래가 아직 피어있고 산새 분주히 날며
곳곳에 울어댄다.
　　이때에 도시락점심을 펴고 맥주를 겸하자니 흡사 선경의 신선 같
다. 이곳이 도회지와의 거리가 백 리도 안 되는데 서로 다름이 이 같
아 쌓인 우울 묵은 병도 쾌유할듯 싶다.
　　사람들 지치고 가난이 근심이 되어 마음병 심해도 뾰족한 수 없고
혹 유족한 것 같아도 번잡한 일에 노예가 되고 맥이 빠져 이 즐거움
을 누리지 못한다. 아쉽구나.

을미년 4월 26일

形役人人困　수고로움에 피곤한데다
窮愁病自加　가난의 근심 절로 병 되네
何能求享樂　어찌 즐거움 누림 구할까
畫餠鏡中花　그림의 떡이요 거울 속 꽃인 것을

古董估價難　골동 가격 매김 어려워

今日下午兩時　有遺物購入平價審議於古宮博物館　與金洋東安
大會兩審議委員會同焉　吾等乃二次委員　英祖御筆簡札類榻本類
等共十點　先定其購入價値有無　兼以估價　於是　尙無確信其估價
而能以感知其鑑別力提高　夫其任文化財委員兩年　固非虛事也
　夫其委員任期雖已畢之　上周金曜　延世大醫學博物館以要請　審
議高宗下賜於西醫宜丕信之簇子　今日又以見邀而審議　其任重道
遠日益深感

乙未四月二十七日

　오늘 오후 2시 고궁박물관에서 유물구입평가심의가 있어 김양동
안대회 두분 심의위원과 회동하였다. 우리들은 2차 위원으로 영조어
필 간찰류 탑본류 등 모두 열 점을 먼저 구매가치유무를 정하고 겸하
여 가격을 매겼다. 이때 아직도 가격 매김에 확신은 없지만 감별력이
있는 것을 감지 할 수 있었다. 문화재위원을 맡은 두해가 실로 허사
가 아니다.
　문화재위원 임기는 이미 끝났지만 지난주 금요일 연세대의학박물
관이 불러 고종황제가 서양의사 에비슨에 하사한 족자를 심의하였고
오늘도 또 요청되어 심의하였다. 임중도원을 날로 더욱 깊이 느낀다.

을미년 4월 27일

古董僞眞還可別　골동진위 그런대로 분별하고
區區重貴亦能知　사소 귀중도 능히 알만하다
時從鑑定三旬事　삼십년 감정일 때로 쫓았건만
果斷估價誠難時　값 매김 할 때가 실로 어렵구나

題七次詩集序 일곱 번째 시집 서언을 쓰다

自壬辰夏 而至於癸巳之夏 開吟百首 托入力於以正崔惠順博士
校正後 江宇先生之校監已畢 以題目選定遲滯屢月 命之曰倦飛知
還 又日復一日 今日方題其序文矣

乙未四月二十八日

임진년 여름부터 계사년 여름까지 백수를 지어가지고 최혜순박사
에게 입력을 맡겼다. 교정후에 강우선생의 감수도 마쳤지만 제목선
정에 몇 개월을 지체하다가 '권비지환'이라 이름하였다. 다시 차일피
일하다가 이제야 서문을 쓴다.

을미년 4월 28일

半頁卷頭言　반쪽의 권두언이
難于搆緖論　논문서론 쓰기보다 어렵다
人云長乃玷　사람들 서론 길면 안 된다기에
抹去復三番　세 번이나 잘라내었다

相宇値滿期除隊 상우가 만기제대를 맞다

家兒尙佑 畢三七月服務 而値滿期除隊 歲月如流 莫不痛感
一歡一憂 一歡則無故歸還 一憂則懸念將來 纔過一山關 又逢
一河關 此尋常之險路歷程 然 今吾社會 非其正常 又似阿鼻 是
以哀此靑年也

乙未四月二十九日

아들 상우가 21개월 복무를 마치고 만기제대를 맞았다. 세월이 유
수 같음을 통감하지 않을 수 없다.
　한편 기쁘고 한편 근심이다. 기쁨은 무사히 귀가해서이고 근심은
장래가 걱정되서이다.
　실로 한 관문 지나면 또 한 관문 이것이 보통의 인생 역정이기는
하지만 오늘의 우리 사회 정상이 아니요 아비지옥과 같기에 청년들
이 애처롭다.

을미년 4월 29일

阿兒除隊日　아들놈 제대 날에
何事繞憂愁　어찌 근심걱정 휩싸일까
世上阿鼻獄　세상이 아비지옥이라
歸還枉反尤　귀환을 오히려 탓하누나

아들 상우하고 축배

惜文化財委員任期畢

문화재위원 임기 마침을 아쉬워하다

驀焉 從文化財廳動産文化財課李鐘淑學藝士來電曰 旣已發表
文化財委員 縮小以八於旣存十三 內定郭魯鳳敎授於書藝部門 又
李完雨金炳基兩專門委員亦免任職 現書藝學會會長金南馨敎授見
聘云云

去年之秋 畢書藝家協會長職 今次再卸文化財委員職 方爲無職
夫其文化財委員雖爲名譽一職 而豊多工夫之資 又每爲鬪練之
機 心願連任 眞畢其職 不無惋惜

乙未五月吉日

갑자기 문화재청 동산문화재과 이종숙학예사로부터 전화가 왔다.
이르기를, 이미 문화재위원을 발표했는데 기존 13명에서 8명으로
줄였으며 서예부문에 곽노봉 교수를 내정하였고 또 이완우 김병기
두 전문위원도 면직되어 현 서예학회회장 김남형 교수를 초빙했다고
한다.

지난 가을 서예가협회장직을 마쳤고 이번에 다시 문화재위원직을
내려놓았다. 바야흐로 무직이 되었다.

무릇 문화재위원이 비록 명예직이지만 공부꺼리가 많고 또 매양
실생활에서 단련할 기회가 되어 연임을 원했는데 막상 직책이 끝나
니 아쉬움이 없지 않다.

을미년 5월 초하루

名蹟書香文氣嗅　명적의 향기 맡으며
一迷一醉每爲娛　넋 잃고 취하기를 즐겼다네
好期鬪練何重得　단련의 호기 어찌 다시 오리
擔卸而今戀不除　임기 끝난 지금 미련 떨칠 수 없네

過兒童節寫感想

어린이날을 보내며 감상을 쓰다

沖飛兮群鳥 於其靑天 狂奔兮溪水 於其綠野云 此卽兒童節歌
一節

我日長成 將爲國材 携手前進 相互多情云 是乃其二節之詞

五月靑也 我曹漸長 是日童節 我曹世上云 則其副歌也

今日兒童 聰明乘巧 不稱其年 獰惡無垠 傍若無人 忠恕孝行敬
老禮節等德目等閑久矣 但使沒入競爭 不識之間 人性不在 利己
甚極 都是旣成之過

這間 爲之取金 男妹謀議 弒其父親 夫婦間兄弟間 勃谿亦然
今日天倫掃地 皆由是而生也 然則此由在何 弊屣儒敎故也

夫初等童年 日課之外 自然爲友 盡情馳騁 結交朋友 友誼增益
行有餘力 則爲讀書 可以足焉 補習轉徒 心身疲憊 不養抱負 將
何爲梁 大用於國也

乙未五月五日

"날아라 새들아 푸른 하늘을 달려라 냇물아 푸른 벌판을" 은 어린
이날 노래 1절이다.

"우리가 자라면 나라의 일꾼 손잡고 나가자 서로 정답게"는 2절의
가사다.

"오월은 푸르구나 우리들은 자란다 오늘은 어린이날 우리들 세상"
은 후렴이다.

오늘의 아동들 알루까져 나이답지 않고 영악하기 그지없어 제멋대
로다. 충서 효행 경로 예절 등 덕목은 등한히 한지 오래다. 다만 경
쟁에 몰입케 하여 부지불식간에 인성은 부재하고 이기심은 극심하
다. 모두 기성세대의 잘못이다.

요즈음 돈 때문에 남매가 모의하여 아버지를 죽였다. 부부간 형제 간에도 또한 그러하다. 오늘날 천륜이 땅에 떨어진 것은 모두 이로 말미암아 생긴 것이다. 그러면 그 이유는 어디에 있을까? 나라가 유교를 버렸기 때문이다.

　무릇 초등어린이란 일과 외에 자연을 벗 삼아 마음을 마음껏 달리고 친구 맺어 정분 더하고 여력이 있으면 책 읽으면 될 것을 과외로 전전하여 심신이 지쳐 포부를 기를 수 없다. 장래에 어찌 동량을 만들어 나라에 크게 쓰겠는가!

을미 5월 5일

慾心惟向兒	부모 욕심 애한테 향해있으니
虐待甚於玆	학대 이보다 심할까
有日英文習	날마다 영어공부
無時數學孜	때 없이 수학 몰두
焉能忠恕解	어찌 배려를 알며
何以孝行思	어찌 효행을 생각할까
競爭無憧憬	경쟁 뿐 동경 없으니
不期梁木資	동량의 자질 기약할 수 없으리

凌晨聞杜鵑咽鳴

쪽두새벽 소쩍새 우는 소리를 들으며

寅時初 山房窓外 杜鵑鳴咽 蓋必是呼偶 悲咽不息 哀此煢獨

大抵珍禽及時 求偶心切 止于丘隅 繁衍生息 可以人而不如鳥
乎 然而今反天倫 日增獨身 無可奈何

今人多窮 難爲婚姻 幸得結親 因無生理 難以敎子 不敢生産
可眞怪變哉

乙未五月六日

　새벽 세 시 산방의 북창밖에 소쩍새가 목 놓아 운다. 아마 필시 짝
을 부를 텐데 슬피 우는 소리 그치지 않는다. 그 외로움이 애처롭다.
　대개 새들 때 되면 간절히 짝 구해 언덕 모퉁이에 둥지 틀고 번식
을 한다. 사람으로서 새만 같지 못해서야. 하지만 오늘날 사람들은
천륜을 역하여 날로 독신이 늘어나도 어찌할 수 없다.
　오늘 사람들 궁하여 혼인하기 어렵고 행여 결혼했더라도 애 가르
치기 어려워 감히 생산하지 못한다. 이 무슨 변고인고!

을미 5월 6일

1)

禽獸知時節　금수도 때 알아
丘隅盡父情　언덕 모퉁이에서 부모 정 다하거늘
人窮難教子　궁한 사람들 자식 가르치기 어려워
欲念不能生　마음 있어도 낳지를 못 하누나

2)

花粉俟蜂蝶　꽃가루도 벌 나비 기다리는데
人間況有情　하물며 유정물 인간임에랴
誰求娛獨樂　누가 홀로를 낙으로 즐기리오만
無奈一平生　어쩔 수 없는 일평생이어라

寄藏山居士 장산거사에게 부치다

藏山居士金斗漢先生　召開周甲展於大田市立美術館　參而剪彩
予以賀詞
夫其大小作品　見個性　脫俗氣　旣爲一家　無間一旬　將得一變　可
期名家之列　唯願須得通會　自娛人書俱老耳

乙未五月八日

　장산거사 김두한선생이 대전시립미술관에서 주갑전을 개최하여 참
석해 테이프를 끊고 축사하였다.
　무릇 대소작품이 개성이 드러나고 속기를 벗어 이미 일가를 이루
었다. 십년을 간단 없이하여 장차 한 번의 변화를 맞으면 가히 명가
의 대열을 기약하리라.
　오직 반드시 회통의 경지 열어 인서구로를 자오하기를 바랄 뿐
이다.

을미년 5월 8일

1)

長毫淸墨愛	긴 터럭 맑은 먹 아껴
相發紙中謨	종이에 피기를 꾀하였네
結字方圓得	결구에서 방원을 깨달았고
分間平正娛	장법에서 평정을 즐겼네
學文淺日病	학문 얕음 날로 병으로 여기고
寫畫滑時吁	획의 미끄러움 때로 한탄했네
不變而能變	변하지 않으려 해도 절로 변함을
生涯妙諦孚	일생 진리로 믿었네

2)

從今加一紀	이제부터 또 한 십년
自誓學文劬	학문 애씀을 서맹하고
惟念奴書免	오직 노서 면할 일념이면
終無獨面虞	마침내 독구면목 걱정 없으리
墨淳兼筆厚	먹은 맑고 또 획은 두텁고
紙滑反毫鋪	종이 매끄러워도 터럭 평포(平鋪) 하리니
一一能爲化	일일이 능히 변해
人書自老俱	사람 글씨 절로 함께 익으리

惜春 봄이 아쉬워

時乎暮春 四山一片新綠 洋槐滿開 濃香撲鼻

昨夜通宵 風雨瀟瀟 松花黃粉 隨溜以似黃金塗地 竹筍及時 窓
下猶如長筆已簪

曩日杜鵑咽鳴 今曉布穀報回 窓外佛頭花笑 嗚呼 佛誕迫近

噫 老杜嘗云 今春看又過 蓋日下之謂也 如流歲月 非詩不可
乃賦五律一首

乙未五月十二日

때는 늦은 봄 온산에 신록 퍼지고 아카시아 꽃 만발하여 짙은 향기
코를 찌른다.

어제 밤새도록 비바람 때리더니 송화노란가루 낙수 물 따라 황금
을 뿌려놓은 듯하고 죽순은 때 만나 창 아래 대필처럼 솟아오른다.

어젯밤엔 소쩍새 목 놓아 울고 오늘 새벽엔 뻐꾸기 제 돌아왔다고
알린다. 창밖에 불두화가 핀 걸 보니 아, 불탄절이 가깝다.

아! 두보가 일찌기 이른 "올봄도 또 지나감을 보는구나"라는 표현
이 아마 지금을 이르는 것이리라. 흐르는 물 같은 세월에 시 아니면
아니 되겠기에 오언율시 한수를 짓는다.

을미년 5월 12일

雪痕陰谷盡　　잔설 음지에 다하고
處處杜鵑開　　곳곳에 진달래 피었더니
布穀催孵卵　　뻐꾸기 알 부화 재촉하고
烟花促擧杯　　봄 경치 술잔 들라 부추긴다
方消春困慾　　바야흐로 춘곤증 사라지고
今拂夏裝塵　　어느새 여름옷 먼지 털다니
荏苒彷流水　　덧없는 세월 유수와 같아
徒然呼痛哉　　공연히 오호 통재 연발한다

迎敎師節書懷 스승의 날 맞아 기분을 적다

敝系年年 施行敎師節典禮 今年因以廢系 亦以廢之焉
夫其敎師節 五月十五日 巧爲圓大開校公休日 其前日 與諸生
會於三０一講議室 諸唱師傅歌 兼以收禮久矣
今日入二年生中庸講 備蛋糕而唱歌 授小膳 然而殊非前日 萬
感交集 回想舊師月堂是菴鐵農石臼彌天白石六位 奄爲眼紅鼻酸
是以暫時躊躇 續開講議 而心不定 得過且過 草率收兵哉

乙未五月十三日

우리 과는 매년 스승의 날 행사를 해왔다. 금년엔 폐과가 되어 이
를 폐지하였다.

저 스승의 날 5월 15일이 공교롭게 원대 개교기념일 공휴일이라
그 전날 모든 학생들과 301강의실에 모여 스승의 노래를 제창하고
선물을 받은 지 오래다.

오늘 2학년 중용시간에 들어갔더니 케이크를 갖추고 노래하고 작
은 선물을 주었다. 그러나 전과 달라져 만감이 교차하는데 옛 스승님
월당 시암 철농 석구 미천 백석 여섯 분이 떠올라 문득 눈시울이 붉
어진다. 때문에 잠시 주저하다가 강의를 속개했지만 마음이 들떠 대
충대충 하고 종결하였다.

을미년 5월 13일

一師迎節日　한 스승으로서 스승의 날 맞으면
自愧厚顔爲　후안이 되는 것 절로 부끄러웠고
眼圈紅垂淚　눈가 붉어져 글썽였으니
心中憶老師　옛 스승님들 그리워서였다네

寫扇子於飯局　회식에서 부채를 쓰다

維臨迫拙初八生日　欲爲請客　而使善墨會員會于北漢山城下美
柳木山莊　與之　茹鴨湯　飮白酒　一一寫合竹扇而贈之
　曩日　曾使各帶兩枚扇子云爾　今以潤筆　取之其一　世間那有白
得之理　人玩拙書　我取白扇　豈非兩得相好之事乎

乙未五月十六日

　나의 초파일 생일이 임박하여 한턱내려고 선묵회 회원을 북한산성
아래 '미류나무산장'에 모이게 하였다. 그들과 오리탕을 먹고 백주를
마시면서 일일이 합죽선을 써서 주었다.
　접때 각자 두 개를 가지고 오라고 하여 오늘 윤필료로 그 하나를
취하였다. 어찌 공짜가 있으리!
　사람들 내 글씨를 즐기고 나는 백 부채 하나 얻으니 이 어찌 일거
양득이 아니겠는가!

을미년 5월 16일

1)

少時欲出公募展	어릴 적 공모전에 내고자해도
窮塞具備粧潢錢	표구비마저 궁색해
託人付之而收取	남에게 부탁해 작품 갖게 하고
我得榜文乃足旃	나는 입상으로 만족했었네
宣紙難求用日報	선지도 귀해 신문지에 쓸 적이니
非是練功奈何延	이 아니면 글씨공부 어찌 이었으리오

2)

而今收取一扇子	이제 백 부채 하나로
亦以潤筆肯鋪筵	윤필료 대신하여 내켜 자리 폈어라
人玩醉書我自樂	남은 글씨 구경하고 나는 절로 즐거워
兩廂情愿解嘲焉	누이 좋고 매부 좋다 해조하노라
書家日常恒如此	서가의 일상이 늘 이러한 걸
勿怪設想淺爲愆	발상이 천하다 탓하지 마소

過馬耳山 마이산을 지나다

値佛誕節連休　與蓮心行金南希若其妹知淑兌姬度希等共四人
爲鄕日屢次所見其亡父金一龍先生靈駕拜謁　尋任實郡所在護國院
再赴隣近鎭安而宿

翌日早晨　途經馬耳山南部賣票所　金堂搭銀水三寺依次參堂　越
千階之頂　到北部　覓馬耳寺　挂蓮燈　復向益山　吃午飯於黃登　環
顧一帶　至凌晨　忽忽分手

乙未五月二十五日

　불탄절 연휴를 맞아 연심행 김남희여사와 그 동생 지숙 태희 도희
씨 등 네 사람과 전날 여러 번 뵈었던 그들의 망부 김일용 선생의 영
가 배알을 위하여 임실군에 있는 호국원을 찾았다가 다시 인근의 진
안에 가서 하루 묵었다.
　다음날 아침 일찍 마이산 남부 매표소를 경유하여 금당사 탑사 은
수사 등 세절을 차례로 참당하였다. 천계단의 마루를 넘어 북부에 이
르러 마이사를 찾아 연등을 걸고 다시 익산으로 향해 황등에서 점심
을 먹고 일대를 돌아보다가 꼭두새벽에야 총총히 헤어졌다.

을미년 5월 25일

1)

遙見摩天巨兩峰	멀리 하늘 닿을 듯 두 봉우리 보이더니
隨蔭由邐忽開穹	그늘 따라 가다보니 문득 하늘 열려있다
轉隅望塔眞奇景	모퉁이 돌아 보이는 탑 기이한 경관
懷在圖中抱母胸	그림에 품긴 듯 엄니 가슴에 안긴 듯

2)

金堂黃瓦爛輝煌	금당사 금빛기와 휘황하고
穩塔奇奇功塔莊	안온한 탑사 기기한 공든 탑
銀水磬聲回響處	은수사 풍경소리 휘도는 곳에
眼前巨壁相人良	눈앞의 거벽 모습 선한 사람 같아라

3)

今生此地無來往	금생에 이 곳 오가지 못하면
雖享千年枉一生	천년을 산들 잘못 산 일생
何事層層謨做塔	어찌 층층히 탑 쌓으려 했을까
應呈身後往生情	극락왕생 바라는 맘 드러내려 했으리

4)

千階頂在華嚴窟	천계단 정상에 화엄굴 있어
欲見偸越斜徑防	몰래 닫힌 빗장 넘었다네
放下憂心尋馬耳	근심 내려놓고 마이사 찾아서는
心心相印自焚香	서로 마음 통해 절로 향사랐다네

寄桑邨君 상촌군에게 부치다

　　昨日有桑邨柳昌徇個人展開幕典禮於南原 與三年生李又新金佳
英 便乘柳善美女士 薄暮之際 到南原美術館 剪彩兼賀詞焉
　　柳君自一九九〇년(庚午) 從我練書 已越二紀 其揮毫之能而言
圓大書藝系創設以來 可謂一號人物 苟將問學以道 莫肯潦草之字
則當日將成一家也已

乙未六月五日

　　어제 상촌류창순 개인전 개막식이 남원에서 있어 삼학년생 이새힘
김가영하고 류선미 여사에 편승하여 저녁나절 남원미술관에 이르러
테이프 끊고 축사하였다.
　　류군은 1990년도부터 나를 쫓아 글씨 연마하기를 이미 사반세기
인데 휘호의 능력으로 말하면 원대 서예과 창설 이후 가히 첫째 가는
인물이라 이를만 하다.
　　만약 학문으로 말미암고 날려 쓰는 것을 내켜하지 않는다면 훗날
필시 일가를 이룰 것이다.

을미년 6월 5일

其人賦性臧　사람됨 천성 착하고
才藝亦非常　재예 또한 남다르다
隸澁含碑氣　깔끄러운 예서 금석기 머금었고
行流慕二王　유려한 행서 이왕 법 취하였다
方圓求隱見　방필 원필 숨고 들어남 구하였고
收起在行藏　수필 기필 진퇴가 있다
問學疏潦草　학문에다 날림조잡 멀리하면
應爲不負望　응당 여망 저버리지 않으리

環顧張旭鎭美術館所懷

장욱진 미술관을 둘러본 감회

値顯忠日 與蓮心行金南希女士 自普光寺歸路次 暫住長興 環顧楊州市立張旭鎭美術館 此館開於去年 曾欲尋之而不果 方今了却心愿

此館相隔彫刻公園　適展出張旭鎭與彫刻家金鍾瑛兩巨匠之作 其兩人調和 令人迷醉 環視兩三

嗟夫 美術館也市郡倡導以樹之 無處不在 而書藝館 八垠不過 素筌素菴如初等云 纔以屈指可數也歟

乙未六月六日

현충일 날 연심행 김남희여사와 보광사로부터 귀로 차에 잠시 장흥에 머물러 양주시립 장욱진 미술관을 둘러보았다. 이 미술관은 작년에 열었는데 일찍이 찾고자 했으나 이루지 못하다가 이제야 소원을 풀었다.

미술관이 조각공원과 마주하고 있는데 마침 장욱진과 조각가 김종영 두 거장의 작품을 전시하였다. 그 두 사람의 조화가 나를 사로잡아 두세 번을 돌아보았다.

아! 미술관은 시군이 나서 세워 없는 곳이 없건만 서예관은 우리나라에 소전 소암 여초 등 겨우 손꼽아 셀 수 있음이어라!

을미년 6월 6일

洋畵方家張畵伯　　양화의 대가 장욱진화백
聞名身後畵廊丕　　이름나고 죽은 뒤 그림행랑 웅대하다
市郡倡導堂堂在　　시군이 나서니 당당히 자리했구나
零落吾門痛切時　　시든 우리 서예일문 통절할 때에

値漢詩特論終講 한시특론 종강을 맞아

今番學期　設漢詩特論講於博士課程　邱燮友註譯本唐詩三百首
爲教材　而敎五七絶及作詩法　今日值其終講　妍全宣爲押韻　使爲
五絶一首　其中有中國留學生張克　卽席吟之　曰　詩如畫盡妍　六藝
却難全　只有投書法　方能萬物宣　此外亦爲之　而其義不通　無論平
仄　觀其相差之甚　我亦卽治二首

을미육월십일일

　이번 학기에 한시 특론 강좌를 박사과정에 설하고 구우섭선생의
역주본『당시삼백수』를 교재로 하여 오절칠절과 작시법을 가르쳤다.
　오늘 종강을 맞아 연(妍) 전(全) 선(宣)을 압운으로 하여 오절 한
수를 짓게 하였다. 그중에 중국유학생 장극이 있어 즉석에서 지었다.
　이르기를 "시는 그림과 같아 아름다움을 다할 수 있지만 육예는 오
히려 온전히 하기 어려워라 다만 서법에 몸 던져야 바야흐로 만유를
펼쳐낼 수 있으리라!" 이외의 사람들도 지었지만 뜻이 통하지 않는
다. 평측은 말할 것도 없다. 서로 차이의 심함을 보면서 나도 곧 두
수를 지었다.

을미년 6월 11일

1)

春花自發姸　봄꽃은 절로 예쁘게 피어
結實欲求全　열매 맺기를 온전히 하려하거늘
問學嘗無道　학문으로 말미암지 않았으니
詩情那得宣　시심인들 어찌 펴리

2)

紅顏悉自姸　홍안들 다 절로 곱지만
難望構思全　생각의 완전을 바랄 수 없는 것
及老方逾妙　늙어져야 한층 더 깊어지거늘
無文亦不宣　글을 모르면 또한 펼 수 없으리

托第七輯倦飛知還稿

제7집 권비지환 원고를 맡기다

山房日記第七輯錄入已久　校正亦已畢　而命題無定　序文不綴
囑江宇先生　始得題目　命曰倦飛知還
　　方至今日　爲之上梓　托於書藝文人畵出版社牟瑜貞代理　夫雖朞
年灌搜枯腸　百首賦之　又添笑資而已

乙未六月十五日

산방일기 제 7집이 입력이 이미 오래고 교정도 이미 마쳤지만 명
제를 정하지 못하고 서문도 짓지 못해 강우선생께 부탁하여 명제를
얻었다. 이름하여 '권비지환'이다.

　바야흐로 오늘에야 인쇄하기 위해 서예문인화출판사의 모유정대리
에게 맡겼다.

　비록 일 년간 고심하여 백수를 지었지만 또 웃음거리만 더할 뿐
이다.

을미년 6월 15일

1)

鳥倦飛還識　새 지치면 돌아갈 줄 알고
知其所止隅　모퉁이에 그칠 바도 안다
復初心願樹　초심으로 돌아갈 원을 세워
究竟却爲愚　끝내 어리석음 떨쳐야지

2)

朞年爲百首　일 년 동안의 백수
字句弄雖賡　비록 자구의 희롱 이어감이지만
典故胸中摞　전고를 흉중에 쌓아
而終逐熟生　끝내 숙생 이루어야지

評審五本博士論文 다섯 박사논문을 심사하고

夫近一旬間 友山宋河璟先生一向托之論文評審於我 卽以二千
六年張志薰敎授爲始而至於今
今次亦付崔炳圭吳道烈薛庚熙趙東媛李必淑等之五個論文 再復
命委員長 乃以不得不應之 是以進入今月 偸閑讀之而校 今日値
終審而使通過矣
拙曾爲友山先生所賞識 每臨之如此 日日孜孜 唯所以爲報焉

乙未六月十九日

무릇 근 십 년간 우산 송하경 선생이 줄곧 나에게 논문심사를 맡겼
다. 곧 2006년도 장지훈교수를 시작으로 오늘에 이르렀다.
이번에도 최병규 오도열 설경희 조동원 이필숙 등의 다섯 개 논문
을 부탁하고 다시 또 심사위원장을 명하여 부득불 응하였다. 때문에
이번 달에 들어 짬 내 읽어 교정하고 오늘 종심을 맞아 모두 통과시
켰다.
내 일찍이 우산선생께서 알아주는 바가 되어 매양 임하기를 이같
이 하는데 날로날로 열심히 대하는 것이 오직 보답이 될 것이다.

을미년 6월 19일

1)

書界在成均　서예계에 성균관대가 있어
無文風氣新　무지의 풍기를 새롭게 한다
令知經學重　경학의 중함을 알게 하고
心學使相親　양명심학을 가까이 하게 한다

2)

博士稀斯界　박사가 서단에 희소했는데
而今越百人　이제 백 명도 넘는다
銀鉤如履況　글씨가 헌신짝 같은 상황에
無用亦爲珍　쓸모없어도 보배로움이어라

寫奇瑰褙接紙兼述所有之緣

유다른 배접지에 쓰고 소유의 연고를 술하다

維下月下旬有H畫廊所企劃而招待韓國書藝逸品展 爲之以孟浩
然夏日南亭懷辛大詩五十字 寘於全紙大小之褙接紙 適磨墨以稍
淡 宣紙不稱 而無心用之 榮寶齋油烟墨光自露 震驚不已 夫紙質
頗厚 放置於隅 周甲展時亦不用 方知其良質 又知稱心

屢年前 與少平朴大成畫伯漲潮崔玟烈先生 評査靑年作家展於
藝術殿堂 罷後 崔余兩人 隨朴畫伯 訪平倉洞所在貴府 此紙乃於
時所領者也 是日三人 淸醉附近和食之家 又來山房 喫茶歡談之
餘 畫伯以指頭寫愛情草 此爲難忘之事也

乙未六月二十三日

다음 달 하순 H화랑이 기획하고 초대하는바 한국서예일품전이 있
어 이를 위해 맹호연의 〈여름날 남정에서 신대를 그리워하며〉란 시
오십자를 전지크기의 배접지에 메웠다. 마침 간 먹이 약간 흐려 선지
에는 맞지 않아 생각 없이 사용했는데 영보재 유연묵색이 절로 드러
나 화들짝 놀람을 그만둘 수 없었다. 지질이 매우 두터워 구석에 방
치하곤 주갑전 때에도 쓰지 않았는데 바야흐로 좋은 질을 알았고 또
마음에 듦도 알았다.

몇 해 전에 소평 박대성화백 밀물 최민렬선생과 예술의전당에서
청년작가전을 심사하고 파한 후 둘이 화백을 따라 평창동 소재 댁을
방문하였다.

이 종이는 이때 화백이 준 것이다. 이날 셋은 부근의 일식집에서 맑게 취하고 다시 내 산방으로 와 차 마시고 환담하는 여가에 화백이 지두로 사랑초를 그렸다. 이는 잊지 못할 일이다.

을미년 6월 23일

小山畵伯	소산화백께서
招之山莊	산장에 불러
而使環顧	두루 보게 하고
予紙百張	종이 백 장 주었네
紙質粗重	지질이 투박하여
放置於筐	광주리에 방치하다가
今始試用	이제사 써보니
自露墨光	먹빛이 절로 피네
無心過久	무심히 지나길 오래
後乃知良	훗날 좋음을 알았으이
或在先見	벗에게 선입견 가졌다가
交後知臧	사귄 후 착한 걸 안 듯하구나
隨因緣法	인연법 따름
物亦應當	물건도 당연한 법
爰在我手	내 수중에 있으니
幽香洋洋	묵향 너울대리라

寫合竹扇後思其三旬試筆

합죽선을 쓴 후 30년 시필을 생각하다

今學期間 余指導兩敎育大學院論文 崔娜羅所述鐵農李基雨書
藝硏究張縷斐所寫淑明宸翰帖硏究是也 前者已終而付梓 後者尚
有彌補 不得不而帶張氏赴其審査委員長崔惠順博士全州所在書室
三時間餘潤文而完 於是 招呼今全州美協勤務趙書賢 夕食後 寫
合竹扇 數枚 分與會同三人

夫扇面曲而折疊 尤只有一會 不易書此 苟無深察 不如無書 其
分間布白恰似篆刻 刻百方而後 方知其要領然 扇子亦百壞而後可
以免懼 去今三旬 一見其面 字字得所 雖不佳作 無以弄糟也

乙未六月二十四日

이번 학기간에 두 교육대학원 논문을 지도하였다. 최나라가 쓴 철
농이기우서예연구와 장루비의 숙명신한첩 연구가 그것이다.

앞의 것은 이미 마쳐 인쇄에 들어갔으나 뒤의 것은 아직 보충할 게
있어 부득불 장씨를 데리고 심사위원장 최혜순 박사의 전주서실에
갔다. 세 시간 남짓 윤문하여 마친 그때 지금 전주미협에 근무하는
조서현을 불러 저녁후 합죽선을 몇 개 써서 회동한 셋에게 나누어 주
었다.

무릇 선면은 굽어져 접혀 있고 더욱 다만 한 번의 기회 뿐인지라
여기에 쓰는 것이 쉽지가 않다. 만약 깊이 살피지 않는다면 글씨가
없는 것이 낫다. 그 분간표백이 전각과 같아 백방을 새긴 후 그 요령
을 아는 것과 같이 부채도 백개를 망친 이후 두려움을 면할 수 있다.
삼십년이 지난지금 척보면 글자마다 제자리에 있다. 비록 가작은 못
될지라도 망침은 없다.

을미년 6월 24일

半圓合竹扇　반원의 합죽선
分布最邊緣　분간포백 가장자리가 제일
字細空間寫　가는 글자는 공간의 사이에 쓰고
畫粗竹逆連　굵은 획은 댓살을 역하여 잇나니
筆投無慽慽　붓 던져도 근심은 없되
鋒斂欲拳拳　봉 거둠에 삼감은 묻어나다네
今也終無敗　이제 망치는 것 없다
三旬以試千　삼십년 세월 천개는 써보았기에

無望今日大學書藝之前途

희망 없는 오늘 대학서예의 앞날

下月初六日 有書藝振興法公聽會於國會 臨迫一旬 梧軒李坤先
生以周旋 大學街書藝關係者總二十九人中 曺首鉉吳厚圭朴榮鎭
郭魯鳳金炳基金壽天張志薰不佞等八人 會于空軍會館

於是 首先定會名曰 爲書藝敎育活性化之敎授會 又使鳳天熏三
人各任會長總務幹事 最後合議公聽會觀望後樹其對處方案而散矣

然而 人文掃地 經濟難局之際 難望其書藝振興法所通過於國會
尤其今日大學書藝已無以正名 倡導時俗之書 雖有以成事 亦爲
徒勞之功 意者 漢字敎育須施行於初中等 人文回復於社會底邊
書藝見重且愛之風土新以萌芽 又書家資質更新而提高然後 方可
期大學書藝而已 不然 或忍辱偸生 莫如所以不在也已

乙未六月二十六日

다음 달 초 엿세 서예진흥법공청회가 국회에서 있는데 열흘을 앞
두고 오헌 이곤 선생이 주선하여 대학가의 서예 유관자 모두 29명중
조수현 오후규 박영진 곽노봉 김병기 김수천 장지훈 나 등 여덟이 공
군회관에 모였다.

이때 먼저 회 이름을 '서예교육활성화를 위한 교수들 모임'이라 정
하고 다시 곽노봉 김수천 장지훈 세 교수에게 각각 회장 총무 간사를
맡기고 마지막으로 공청회를 관망한 후 대처방안을 세우자고 합의하
고 헤어졌다.

그러나 인문이 땅에 떨어졌고 경제난국의 즈음에 국회에서 서예진
흥법의 통과를 바라기 어렵다. 더우기 오늘의 대학서예가 이미 명분
을 바로 함이 없이 시속을 따른 글씨를 창도하고 있어 비록 성사가
있더라도 또한 도로의 공이 될 것이다.

생각하건데 초중등에 한자교육이 반드시 시행되고 사회저변에 인문이 회복되고 서예가 중시되고 사랑받는 풍토가 새롭게 싹터야 한다. 또 서가들이 자질을 갱신하여 제고한 연후에야 대학서법을 기약할 수 있을 뿐이다. 그렇지 않으면 혹 구차하게 살아남은들 없는 것만 같지 못할 것이다.

을미년 6월 26일

1)
道問學曾爲要諦　글 읽는 것이 요체련만
書壇敝屣五旬餘　서단에서 버린 지 오십여 년
非書非畫漫延際　글씨도 그림도 아닌 것이 만연한 지금
係繼於庠望在歟　과가 대학에 이어진들 희망 있을까

2)
師多不屑隨傳統　교수들 거개가 전통을 내켜하지 않고
助長靑衿時俗書　학생에게 시속 따른 글씨 조장한다
莫若於庠將盡滅　대학가에 다 없어지고
等芽新發長徐徐　새싹 나 다시 자라길 기다림만 못하리라

相思原谷先生　원곡선생님을 그리며

今朝收見原谷文化財團所依賴第三七次文化賞及第六次學術賞
候補推薦公文　素所懷先生之心　寄之於七絶一首

乙未六月二十七日

　오늘 아침 원곡문화재단에서 의뢰한 제 37차 문화상 및 제6차 학
술상후보추천공문을 받아보고 평소 선생을 그리는 마음을 칠언절구
한수에 부친다.

을미년 6월 27일

九旬無欲自如身　구순토록 욕심 없고 자유자재를 몸소 하신 분
一踐盤銘自命人　반명구 일신의 실천을 매일매일 자처하신 분
著述臨池師効仿　저술도 서예도 법 삼고 본받을 분
洋洋左右格思神　그 혼령 그 정신 너울너울 내 곁에 계시어라

원곡선생님과 1986년도 미술대전 서예부문 전시장에서

連綿不絕文化財有關之事

끊이지 않는 문학재 일

今月二十日 古宮博物館欲買宣祖大王詩稿搨本八曲若純明孝皇后所寫翠澗縣板 而咨詢眞僞 環顧首尔拍賣 今日午前 參席硯匠重要無形文化財指定調査事前會議於古宮博物館 以至午後 之京畿道博物館 孤單鑑定廣州李氏所寄贈三十七個筆蹟 尤其是年七八兩月間 爲筆匠若硯匠指定調査 已按排每周兩日之日程 雖已畢其文化財專門委員及文化財委員四年任期 其事連綿不絕 可謂白衣委員也歟

乙未六月三十日

이번 달 20일 날 고궁박물관이 선조대왕시고탁본 8곡 병풍과 순명황후가 쓴 〈취간〉 현판을 사고자 그 진위를 자문하여 서울옥션을 둘러보았다. 오늘 오전에는 고궁박물관에서 벼루장무형문화재 지정조사 사전회의에 참석했고 오후에는 경기도 박물관에 가서 혼자 광주 이씨가 기증한 37품목의 필적을 감정하였다.

더우기 오늘 7,8월 두 달간은 붓 장과 벼루 장 지정조사를 위하여 이미 매주 양일간의 일정이 잡혀있다. 비록 문화재전문위원과 문화재위원의 4년 임기가 이미 끝났지만 그 일이 끊이질 않는다. 가히 아직 위원직이 완전히 끝난 것이 아니라고 이를 만하다.

을미년 6월 30일

鑑別難精絕　감별 정미하기 어려우니
險遭贗物詳　자칫 가짜에 속는다
雲煙呼吸脈　발묵에 호흡과 맥
位所印泥章　있을 자리의　도장과 인주 색
算價應無誤　값 매김도 착오 없어야 되고
測年當有長　연대의 측정에도 빼어나야 되거늘
而今還道遠　이제도 오히려 길은 먼데
見聘避微方　불려다님 피할 방법 없구나

後記

아홉 번째 시집이다.

늘 지지부진이 부끄러울 뿐이다.

항상 내 글공부에 지남이신 江宇 朴교수 浣植선생님께 그지 없는 감사의 마음을 올린다.

아울러 입력과 교정을 해준 平川 李月善여사가 더없이 고맙고 출판을 허락해준 서예문인화 李洪淵사장님과 편집을 도와준 牟瑜貞님께도 감사드린다.

아미타불!

2016년 12월에 一杯子 쓴다

- 어려운 끝맺음 -

發行日   2016년 12월 15일

著 者   마하 선 주 선
　　　　서울특별시 종로구 평창4길 21-20
　　　　010-5308-7274

發行處   이화문화출판사
서울시 종로구 사직로 10길 17(내자동 인왕빌딩)
02-738-9880 (대표전화)
02-732-7091~3 (구입문의)
02-725-5153 (팩스)
www.makebook.net

값 9,000원